Konrad Glotz

Zwölf Nächte

Passau-Krimi

Und alles ist stumm

und tot ringsum,

kein Laut ertönt aus den Höhen,

nur am sumpfigen Teich,

im matten Gesträuch,

tanzt ein Chor von krächzenden Krähen.

Franz Grillparzer

Für meine Eltern

Prolog

Raunächte

Die Raunächte beginnen am Abend des 25. Dezember und dauern bis 6. Januar, sind also die letzten sechs Nächte im alten und die ersten sechs Nächte im neuen Jahr. Vorchristlicher Aberglauben und uraltes Brauchtum ranken sich um diese **zwölf Nächte**, in denen nach germanischem Aberglauben das wilde Heer von Odin durch die Luft fährt und jeden mitreißt, der ihm begegnet. Auch Berchta - bekannt aus dem Märchen als Schnee erzeugende Frau Holle - zieht in diesen Nächten mit ihren Kindern umher.

Allgemein verbreitet war der Gedanke, dass die den Nächten folgenden 12 Tage das Wetter der kommenden 12 Monate anzeigen, wobei jeder Tag für einen Monat des kommenden Jahres steht. Noch heute gibt es in ländlichen Gebieten Bauern, die sich das Wetter in dieser Zeit aufzeichnen, um eine Prognose für das kommende Jahr zu haben. In der Zeit der 12 Nächte sollte man keine Türen zuschlagen, sonst müsse man im kommenden Jahr mit Blitz und Donner rechnen. Wer sich in dieser Zeit

Fingernägel oder Haare schnitt, musste mit Fingerkrankheiten oder Kopfschmerzen rechnen.

In der Nacht zum neuen Jahr sollte man in der ersten halben Stunde nach Mitternacht alle Türen und Fenster verschließen - außer der Hintertür, weil durch sie der Segen ins Haus kommt. Am Silvesterabend konnte man am Zaun des Nachbarn rütteln, damit im neuen Jahr dessen Hühner zum Eierlegen auf das eigene Grundstück kommen. Am Neujahrsmorgen sollte man Lebkuchen in Schnaps legen, anzünden und dann essen, um vor Sodbrennen geschützt zu sein.

Die letzte Nacht vom 5. auf den 6. Januar galt im Alpenraum als Perchtenabend. Der Tag wurde dann mit Maskenumzügen begangen, Felder wurden mit Weihwasser besprengt, um die Erde zum Leben zu erwecken, damit sie fruchtbar und ertragreich sei. Diesen lärmenden Berchtenläufen setzte das Christentum im Mittelalter die Umzüge der Sternsinger entgegen.

Dem Sonnenschein wurde an diesen Tagen orakelhafte Bedeutung zugeschrieben: Sonnenschein bedeutet am

- 1. Lostag (26.12.): Es wird ein glückliches, neues Jahr werden.
- 2. Lostag (27.12.): Preiserhöhungen stehen an.
- 3. Lostag (28.12.): Streitigkeiten kommen auf.
- 4. Lostag (29.12.): Fieberträume werden plagen.
- 5. Lostag (30.12.): Es wird eine gute Obsternte.
- 6. Lostag (31.12.): Alle anderen Früchte gedeihen prächtig.
- 7. Lostag (1. 1.): Die Viehweiden tragen saftige Kräuter.
- 8. Lostag (2. 1.): Fische und Vögel sind zahlreich.
- 9. Lostag (3. 1.): Gute Kaufmannsgeschäfte stehen ins Haus.
- 10. Lostag (4. 1.): Unwetter kommen.
- 11. Lostag (5. 1.): Nebeltage treten vermehrt auf.
- 12. Lostag (6. 1.): Zwist und Hader kommt auf.

Quelle: Ökumenisches Heiligenlexikon

Mittwoch, der 25.Dezember

Er stach zu – ein einziger kraftvoller Stoß mit dem kleinen Jagdmesser genügte. Er hätte nicht gedacht, dass es so einfach war jemanden zu töten - einfach, geradezu lächerlich einfach. Bevor er flüchtete, blickte er ein letztes Mal zurück und sah in der spärlich beleuchteten Gasse die Leiche von Riccardo. Der Tote, von dem er noch nicht mal wusste, ob er verheiratet war oder eine Freundin hatte, lag ausgestreckt auf dem Rücken. Der Kopf war gegen seinen Brustkorb geneigt, weil er beim Fallen gegen einen Mauervorsprung aufgeschlagen war. Wäre da nicht dieser schmerzverzerrte Ausdruck auf seinem Gesicht gewesen, hätte man ihn - bei flüchtiger Betrachtung - durchaus für einen Betrunkenen halten können, der dort seinen Rausch ausschlief.

Hastig rannte er über das holprige Kopfsteinpflaster der Pfaffengasse hinab Richtung Donau. Fast hätte er dabei einen Mann überrannt.

„Himmi Herrgott Sakrament! Hast denn du koi Aug`n im Kopf!" empörte sich dieser lautstark.

Doch ohne auf seine Flüche zu achten, hetzte er weiter. Unten an der Fritz-Schäfer-Promenade hielt er kurz inne, sah um sich und schleuderte zuerst das Messer und dann das Handy in hohem Bogen in die Donau. Später als er sich auf dem Ludwigsplatz befand, hielt er erneut an. Er spürte wie sein Blut durch die Adern raste. In seinem Kopf herrschte ein wüstes Durcheinander, dennoch zwang er sich klar zu denken. Was war passiert?

Riccardo und er hatten allen Grund gehabt zu feiern: Ihre Geschäfte waren problemlos und äußerst erfolgreich verlaufen. Die Reise in die niederbayerische Provinzstadt hatte sich mehr als gelohnt.

Zunächst hatten sie eine Pizzeria in der Theresienstraße aufgesucht, und zu späterer Stunde waren sie noch in einer Bar unweit des Paulusbogens eingekehrt. Riccardo war bestens gelaunt und zeigte sich spendabel: Zur Feier des Tages hatte er eine Flasche Schampus bestellt.

Als dann die aufreizend hübsche Barfrau in einem gewagt knappen Minirock auf sie zugesteuert kam und den mit reichlich Eis gefüllten Sektkübel an ihren Tisch abstellte, ließ sich Riccardo zu einen anerkennendem Pfiff hinreißen und klatschte begeistert in die Hände. Dann hatte er eine Hand um ihre Hüfte gelegt und erflehte einen Kuss von ihr. Doch die aparte Minirockträgerin ließ ihn eiskalt abblitzen, warf ihm nur einen genervten Blick zu und machte auf dem Absatz kehrt. Riccardo zuckte mit den Schultern, setzte eine Unschuldsmiene auf und kommentierte die Zurückweisung lediglich mit einer wegwerfenden Handbewegung. Doch an diesem Abend hätte es schon um einiges mehr bedurft, um Riccardo seine gute Laune zu verderben.

Schließlich, nachdem sie die Sektflasche bis zum letzten Tropfen geleert hatten, waren sie aufgebrochen und hatten sich auf dem Weg zu ihrer Unterkunft gemacht.

Sie hatten eine Abkürzung durch die Pfaffengasse genommen und hinter einer Mauernische, die Schutz vor neugierigen Blicken versprach, hatte er seinen Anteil von Riccardo eingefordert. Zunächst hatte sich Riccardo geweigert, das Geld hier auf offener Straße aufzuteilen. Aber er bestand darauf, bis schließlich Riccardo zögerlich seine Brieftasche aus seinem Mantel hervorgeholt, und -

routiniert wie ein Sparkassenangestellter - ein dickes Bündel Geldscheine durchgezählt hatte. Ungeduldig und frierend hatte er mit den Füßen gestampft, und hatte dabei Riccardo beobachtet. Sein Atem war in der kalten Winterluft gefroren, sodass weiße Dampfwölkchen in den klaren Nachthimmel aufstiegen.

Plötzlich war ihm ein Gedanke durch den Kopf geschossen: Wieso sollte er sich mit einem kleinen Anteil zufriedengeben, wenn er doch alles haben könnte. Doch zuvor musste noch eine „Kleinigkeit" erledigt werden: Riccardo musste sterben!

Er hatte den Gedanken noch nicht zu Ende gedacht, als er ihn auch schon in die Tat umsetzte. Es war, als wäre der Teufel in ihn gefahren, der ihm die Hand geführt und diesen furchtbaren Hieb ausgeübt hatte. Bevor Riccardo überhaupt begreifen konnte, was mit ihm geschehen war, hatte er sich bereits zusammengekrümmt. Seine Hände hatten sich auf die Wunde gepresst und waren blutüberströmt zurück gezuckt. Dann hatte er einen dumpfen Schrei ausgestoßen und war zu Boden gestürzt, wo er regungslos liegen blieb.

Er hatte sich über den Ermordeten gebeugt, hatte angestrengt nach allen Seiten gelauscht und gespäht, doch niemand schien von dem Verbrechen Notiz genommen zu haben. Dann hatte er Riccardos Taschen durchsucht und das Geldbündel, seine Brieftasche und sein Handy an sich genommen.

Vom Ludwigsplatz begab er sich auf den kürzesten Weg zum Bahnhof. Er zwang sich nun langsam zu gehen. Gelassen und ruhig schritt er dahin, mit der Gewissheit, dass bisher keiner der Vorübergehenden von seiner schrecklichen Tat wissen konnte.

Als er allerdings den Bahnhof erreichte, wurde er wieder von einer angsterfüllten Unruhe ergriffen. Doch er brauchte sich nur in den nächsten Zug zu setzen und schon wäre er in Sicherheit.

Er ging in die Bahnhofshalle und blickte um sich. Ein junger Backpacker, der wohl seinen Anschlusszug verpasst hatte, döste – seinen Rucksack als Kopfkissen benutzend - auf einer Bank. Außer ihm war niemand zu sehen. Dann durchschritt er die Halle, blieb an einer Aushängetafel stehen und informierte sich über die Abfahrtszeiten der Züge. Um 0 Uhr 35 würde der Intercityexpress von Wien über München nach Zürich eintreffen.

Gerade als er sich ein Ticket am Automaten ausdrucken lies, betraten zwei Polizisten die Bahnhofshalle. Ihm gefror das Blut in den Adern. Wurde denn schon nach ihm gefahndet? Er unterdrückte den Impuls, einfach wegzurennen und verhielt sich stattdessen möglichst unauffällig. Wenn die Polizisten jetzt seine gefälschten Ausweispapiere kontrollierten und das ganze Geld bei ihm finden würden, wäre er verloren.

Er starrte auf die große Bahnhofsuhr und beobachtete ungeduldig das Vorrücken der Zeiger. Er hatte noch eine knappe Stunde Zeit bis zur Abfahrt. Dann kam er zu der Einsicht, dass es besser wäre, wenn er das Geld vorerst in einem Versteck unterbringen würde, um es dann später, wenn Gras über die ganze Sache gewachsen war, wieder vorzuholen. Nun wusste er, was er zu tun hatte.

Donnerstag, der 26.Dezember

Schweißgebadet schreckte Benno Altmann hoch. Sein Herz hämmerte wild in seiner Brust. Seit er als kleiner Junge in einem See fast ertrunken wäre, wurde er in regelmäßigen Abständen von schrecklichen Alpträumen heimgesucht.

Altmann richtete sich zaghaft im Bett auf. Sein Blick fiel auf die grell leuchtende Anzeige seines Weckers: Es war 6 Uhr 39. Eigentlich entschieden zu früh zum Aufstehen an einem Weihnachtsmorgen, dachte er.

Dennoch erhob er sich, wankte in die Küche, öffnete den Kühlschrank und nahm einen kräftigen Schluck aus der Milchflasche. Mit dem Handrücken wischte er sich den Milchbart von der Oberlippe, setzte sich dann an den kleinen Küchentisch und schaute zum Fenster hinaus. Die Kapuzinerstraße, die unter seinem Apartment vorbeiführte, lag noch im Dunkel. Die Stadt verharrte im feiertäglichen Morgenschlaf und nur ganz allmählich sickerte von Osten die Dämmerung herein.

Diese Träume, diese verdammten Träume! Wieso lassen sie sich nicht verscheuchen? , dachte er sich verärgert. Einmal wollte er sich deswegen schon der Polizeipsychologin Julia van Martens, deren Büro nur wenige Schritte von seinem entfernt war, anvertrauen, doch im letzten Moment machte er einen Rückzieher. „Du bist ein elender Feigling!", hatte er sich dabei selbst beschimpft.

Später als er gerade Kaffee aufsetzen wollte, klingelte sein Handy. Ein kurzer Blick aufs Display ließ nichts Gutes erahnen.

„Altmann" meldete er sich schließlich.

„Benno, hier ist der Franz, du musst sofort kommen! Es gibt eine Leiche in der Pfaffengasse" informierte ihn Franz Pichler, diensthabender Kollege der Kripo Passau mit Nachdruck in der Stimme.

„Bin schon unterwegs!" antwortete Altmann, schlagartig hellwach.

Er zog sich hastig an, schlüpfte in die rote Jack-Wolfskin-Jacke, griff nach dem Autoschlüssel und rannte aus der Wohnung.

Ein eiskalter Wind fegte durch die Straßen. Obwohl der Verkäufer in dem Outdoor-Laden, wo er die Jacke gekauft hatte, ihm versichert hatte, dass man damit selbst Polarexpeditionen bestreiten konnte, fror Altmann jämmerlich.

Die kahlen Äste der Bäume, die *Väterchen Frost* kunstvoll mit Raureif überzogen hatte, reckten sich in den grauen Himmel, doch Altmann hatte keinen Blick für diesen stillen Winterzauber. Jetzt war er ganz und gar Kriminaloberkommissar Benno Altmann, der mit schnellen Schritten und entschlossenen Blick in die Tiefgarage hinabstieg, wo sein metallicgrüner BMW 528i, Baujahr 1984, abgestellt war. Er sprang hinein, setzte den Motor in Gang und fuhr los.

Scheiße, jetzt geht das Ganze hier auch schon los! , dachte sich Altmann besorgt, der sich gerademal vor einem knappen Jahr, des Großstadtlebens und der vielen Gewaltdelikte in Frankfurt überdrüssig geworden in die beschauliche Drei-Flüsse-Stadt Passau hatte versetzen lassen.

Er fuhr die Kapuzinerstraße entlang und als er die Marienbrücke überquerte und für einen flüchtigen Moment auf das reißende, schmutzig-grüne Wasser des Inns hinab sah, begann sein Herz erneut wild zu schlagen.

„Reiß Dich zusammen!", ermahnte er sich selbst. „Wie kann man auch nur so blöd sein, in eine Stadt zu ziehen, die von drei Flüssen durchzogen und von jährlich wieder kehrenden Hochwassern heimgesucht wird, wenn man an einer Wasserphobie leidet?", schürte er seine Selbstzweifel.

Trotz allem mochte er die Stadt. Er mochte die italienisch anmutende Altstadt, er mochte die prunkvollen barocken Kirchen und er mochte deren Bewohner: ehrliche, bodenständige Leute, die zwar manchmal etwas verschlossen und einsilbig waren, aber dennoch das Herz am rechten Fleck hatten.

Der Reihensechszylinder seines BMWs blubberte dumpf als er die Gottfried- Schäffer-Straße entlangfuhr. „Du musst Dir ein neues, modernes Auto anschaffen!", meldete sich sein Umweltgewissen prompt zu Wort. Doch- wie jedes Mal – wischte der Nostalgiker in ihm alle Bedenken rasch zur Seite. Er hing einfach zu sehr an diesem Auto, einem Relikt der 80er Jahre - einer Zeit, in der für ihn vieles einfacher und besser zu sein schien.

Er bog rechts in die Nikolastraße ab, vorbei am roten Sparkasssengebäude, überquerte den Ludwigsplatz und fuhr die Uferpromenade Richtung Ortsspitze entlang. Kalter, feuchter Dezembernebel drang von der Donau her in die Altstadt. Ein Kreuzfahrtschiff, unter ukrainischer Flagge fahrend, dümpelte verschlafen im blauen Flusswasser.

Dann sah er die aufzuckenden Blaulichter der Streifenwagen und die rot- weißen Absperrbänder, vor denen sich schon ein Pulk von Schaulustigen und Presseleuten eingefunden hatten.

Haben denn die nichts Besseres zu tun?, dachte er sich empört.

Er stellte seinen BMW ab, stieg aus, nickte flüchtig eine Streifenpolizisten zu und bahnte sich, mit der Dienstmarke in der erhobenen Hand einen Weg durch die Menschenmenge. Ein junger, übereifriger Reporter stellte sich ihm in den Weg und versuchte so an Informationen zu gelangen. Mit dem Hinweis, dass er sich an den örtlichen Pressesprecher wenden sollte, schob Altmann ihn zur Seite. Dann schlüpfte er unter dem Absperrband hindurch und schirmte dabei seine Augen gegen das gleißende Licht der aufgebauten Scheinwerfer ab. Das ganze

Kriminaltechniker-Team war schon vor Ort. Bei dem Anblick der Techniker, die alle in weißen Overalls steckten und Schutzbrillen trugen, musste er unwillkürlich an eine Szene in einem Science-Fiction-Film denken, den er neulich im Metropolis-Kino gesehen hatte. Er überlegte kurz wie der Titel des Films hieß, kam aber nicht drauf. Scheißegal, dachte er sich, es gibt jetzt schließlich Wichtigeres zu tun.

„Guten Morgen, Erwin!", begrüßte Altmann seinen Kollegen Erwin Swoboda, der - neben der Leiche kniend – gerade eine Zigarettenkippe in einem Plastikbeutel verschwinden ließ.

„Was soll an diesem Morgen schon gut sein?", gab Swoboda barsch zurück.

Swoboda, der in ein paar Jahren pensioniert werden würde, war wegen seiner Übellaunigkeit bei vielen Kollegen alles andere als beliebt. „So ein oider Grantlhuber!", hatte schon mancher auf dem Präsidiumskorridor hinter vorgehaltener Hand getuschelt. Dennoch schätzte ihn Altmann, weil er ein guter Polizist war und, weil er sicher sein konnte, dass der Tatort unter seiner Aufsicht mit der notwendigen Gründlichkeit untersucht werden würde.

„Und, wie sieht`s aus?", wandte sich Altmann an Swoboda und forderte einen ersten Lagebericht ein.

„Männliche Leiche; circa 25 bis 30 Jahre alt ; Stichverletzung am Bauch, vermutlich von einem Messer; Tatwaffe nicht auffindbar."

„Todeszeitpunkt?", bohrte Altmann weiter.

„Zwischen zweiundzwanzig und vierundzwanzig Uhr. Alles spricht für einen Raubmord. Weder Geldbörse, Ausweispapiere noch Sonstiges konnten wir finden. Sogar die Schuhe fehlen."

„ Wer hat die Leiche gefunden?"

„Anonymer Anrufer …", Swoboda schob sich die Schiebermütze, die sein Markenzeichen war und die er Sommer wie Winter trug, aus der Stirn und warf einen kurzen Blick in sein Notizheft, „eingegangen um 6 Uhr 23 in der Zentrale."

Altmann sah auf den Toten hinab, der in einer großen Lache geronnenen Blutes vor seinen Füßen lag und verschaffte sich einen ersten Eindruck. Dafür holte er ein Diktiergerät aus seiner Jacke hervor und sprach mit gedämpfter Stimme:

„Südländischer Typ, dunkler Teint, Drei-Tage-Bart, kurze, schwarze Haare, circa 1,70 groß, sportliche Figur; hochwertige, teure Kleidung, vermutlich Maßanfertigung, keine Schuhe; insgesamt eine elegante Erscheinung."

Aus seiner Frankfurter Zeit kannte Altmann diesen Typ: Investment-Banker in sündhaft teuren Designeranzügen, die mit Blackberry am Ohr und Financial Times unterm Arm das Bankenviertel bevölkerten. Doch hier in Passau wirkte dieser Mann deplatziert.

„Zur falschen Zeit am falschen Ort", murmelte er halblaut vor sich hin.

„Na Servus, des wars dann woi mit der fröhlichen Weihnacht", wurde er von seinem Kollegen Steininger jäh aus seinen Gedanken gerissen.

Kommissar Ludwig Steininger - von allen nur „Stone" genannt - hatte sich mit seiner imposanten Körpergröße von 1,88 Meter und seinen knapp 110 Kilogramm Lebendgewicht grinsend vor ihm aufgebaut. Steininger, Mitte dreißig und eingefleischter Fan des Fußball-Clubs 1860 München, hatte meistens einen fröhlichen Spruch auf den Lippen, auch wenn das bei ihrer Arbeit nicht immer angebracht war.

„Stone", nahm Altmann ihn zur Seite, „schnapp Dir ein paar Leute und befrag die Anwohner, ob jemand was gehört oder gesehen hat. Du weißt schon, das übliche Prozedere."

„Okay, Chefe", erwiderte Steininger nickend und setzte seinen massigen Körper in Bewegung.

Altmann mochte Steininger. Sie waren sich auf Anhieb sympathisch gewesen. Als Altmann seinen Dienst als „Neuer" in der Passauer Dienststelle angetreten hatte, war Steininger der erste gewesen, zu dem er ein Vertrauensverhältnis aufbauen konnte. Mit ihm konnte er am besten über Nichtdienstliches sprechen und hin und wieder traf er sich mit ihm auf ein Feierabendbier. Nichtsdestotrotz hatte sich Altmann schon oft gefragt, wie sich eine Couch-Potato wie Steininger, der eine Schwäche für Sahnetorten und Schmalzgebäck hatte, nur durch die Polizeischule mogeln konnte. Aber wahrscheinlich hatte er schon damals seine Unsportlichkeit mit einem Schuss Humor und einer gehörigen Portion Bauernschläue mehr als wettmachen können.

Fast unmerklich war in der Zwischenzeit der Tag hereingebrochen, doch der Nebel hatte die Stadt noch immer fest im Griff. Altmann sah auf seine Armbanduhr. Zehn Minuten nach acht.

„Wann werdet ihr hier fertig sein?" wandte sich Altmann Swoboda zu.

„Wir werden fertig sein, wenn wir fertig sind!" antwortete Swoboda im gereizten Ton eines pubertierenden Teenagers.

Altmann hob seine Augenbrauen und wollte schon auf Konfrontation gehen, besann sich jedoch eines Besseren und fügte im Gehen nur noch hinzu:

„Ich erwarte deinen Bericht schnellstmöglich auf meinem Schreibtisch!"

Als er seinen BMW erreichte, schloss er auf, lies sich auf den Velours-Sitz fallen, verharrte einen Moment und lies eine Joe-Cocker-CD in den Player gleiten.

Unchain my heart
Baby let me go
Unchain my heart
Cause you don't love me no more
Every time I call you on the phone …

Altmann ärgerte sich noch immer über Swobodas respektlose Art, doch die rauchige Soulstimme von Joe Cocker übte eine beruhigende Wirkung auf ihn aus.

Er sah aus dem Fenster. Noch immer war die Stadt in dichten Nebel gehüllt. Hoch droben auf dem St. Georgs-Berg blickten die wehrhaften Mauern der Veste Oberhaus auf Passau herab. Irgendwo in der Ferne kreischten Lachmöwen.

Plötzlich fühlte er sich deprimiert und mutlos. Er musste an seine fünfjährige Tochter Caroline denken, die jetzt über zweitausend Kilometer entfernt in dem portugiesischen Fischerdorf *Caroveiro* lebte. Seine Ehe mit der Portugiesin Amanda da Silva war vor zwei Jahren in die Brüche gegangen. Es hatte ihn wie ein Blitz aus heiterem Himmel getroffen, als seine Frau ihm offenbarte, dass sie sich scheiden lassen wollte. Obwohl er sich im Nachhinein den Vorwurf machen konnte, die Gefahr des Scheiterns lange Zeit ignoriert zu haben.

Und noch immer klang ihm die schrille Stimme der Rechtsanwältin Regina Sturmvoll in den Ohren, die damals Amanda vor dem Scheidungsrichter vertreten hatte:

„Die vielen Überstunden und die häufigen Wochenenddienste, die der Ehemann meiner Mandantin aufgrund seiner Tätigkeit als Kriminalbeamter absolvieren muss, machten es für sie unmöglich ein erfülltes und glückliches Familienleben zu führen."

Herrgott nochmal, als ob sie das nicht schon vor der Hochzeit gewusst hatte, dass man als Polizist unregelmäßig Dienst schieben musste. Jedenfalls hatte Amanda nach der Scheidung kurzerhand ihre Koffer gepackt und ging mit Caroline zurück nach Portugal, wo sie jetzt zusammen mit ihrer Mutter ein kleines Häuschen an der Atlantikküste bewohnte. Vergeblich hatte Altmann dabei noch versucht das Sorgerecht einzuklagen, doch er stand von vornherein auf verlorenem Posten und konnte letztendlich die Trennung und die damit verbundene Ausreise nicht mehr verhindern. Der Kontakt beschränkte sich seitdem auf die wenigen Telefonate und die Geschenkpakete, die er zu Carolines Geburtstag und an Weihnachten versandte. Er vermisste seine kleine Prinzessin so sehr, dass es schmerzte. Jedes Mal, wenn er an sie dachte, war ihm, als würde ein glühender Dolch mitten durch sein Herz getrieben.

Eine Zeitlang saß er noch regungslos im Auto und gab sich seiner Schwermut hin, bis es ihm endlich gelang diese Gedanken zu verdrängen.

Da Gerland, der Leiter der Passauer Mordkommission im Skiurlaub war, würde er die Ermittlungsarbeit führen müssen. Obwohl er erst dreiundvierzig Jahre alt war, war er, neben Gerland und Swoboda, der erfahrenste Polizist bei der Passauer Kripo.

Er versuchte sich eine Strategie zurechtzulegen. Dabei konnte er jetzt auf sein Wissen, das er sich in Frankfurt angeeignet hatte, zurückgreifen. Schließlich gehörten in Frankfurt Tötungsdelikte fast schon zum Tagesgeschäft. Er wusste, der überwiegende Teil der Ermittlungen würde aus Routinearbeiten bestehen. Die Untersuchung des Tatorts, die Befragung der Anwohner, die Informierung von Presse und Staatsanwaltschaft.

Dann unterbrach er seine Gedankengänge, startete den BMW und brauste mit quietschenden Reifen davon.

Er fuhr die Fritz-Schäffer-Promenade entlang und vermied es bewusst auf das eisige, blaue Wasser der Donau zu blicken. Er passierte die Schanzl-Brücke, ließ die Altstadt mit dem imposanten Stephansdom, dessen Glockentürme sich nur schemenhaft aus dem Nebelgrau herausschälten, hinter sich und überquerte auf der Haitzinger-Brücke die Bahntrasse.

Sein Magen knurrte, denn er hatte noch keine Zeit zum Frühstücken gefunden. Er hielt vor dem Café Hoft in der Spitalhofstraße und kaufte sich ein Croissant und einen Kaffee *„zum Mitnehmen"*, oder - wie man das neuerdings bezeichnete – einen *„ Coffee to go"*.

Beim Hinausgehen schenkte ihm die hübsche Verkäuferin noch ein bezauberndes Lächeln und für einen kurzen Moment war er versucht sie zu fragen, ob sie nach Dienstschluss nicht mit ihm noch einen Kaffee trinken möchte. Doch genauso schnell, wie ihm dieser Gedanken gekommen war, verwarf er ihn auch wieder, denn abgesehen davon, dass eine so junge bildschöne Frau weiß Gott was Besseres zu tun hatte, als mit einem einsamen Bullen auszugehen, würden jetzt die Mordermittlungen seine uneingeschränkte Aufmerksamkeit erfordern.

Anschließend fuhr er die Nibelungenstraße hinunter bis rechterhand das Polizeipräsidium, ein hässlicher Betonklotz aus den 70er Jahren, auftauchte. Dann bog Altmann in die Einfahrt zum Innenhof ein, parkte seinen BMW neben einem Streifenwagen und ging in sein Büro.

Er verbrachte den Vormittag damit eine Pressemitteilung aufzusetzen. Außerdem musste er seinen Chef und die

Staatsanwältin über den Ermittlungsstand informieren und zugleich alle verfügbaren Kollegen der Mordkommission zusammentrommeln. Für den Nachmittag wurde eine Besprechung anberaumt.

Nach drei Stunden Büroarbeit brauchte Altmann eine Pause. Hinter seinen Schläfen pochte ein wilder Schmerz. Er durchwühlte seine Schreibtischschublade, fand eine Packung Aspirin und ging damit auf die Toilette. Dort löste er eine Tablette in Wasser auf und schluckte sie hinunter. Dann klatschte er sich kaltes Wasser ins Gesicht und kämmte sein flachsblondes Haar, das an den Schläfen schon leicht ergraut war. Er schnitt eine Grimasse und begutachtete seine nicht mehr ganz makellos weißen Zähne.

Du bist wie dein alter BMW, dachte er sich, als er sich im Spiegel betrachtete. Der Lack mag schon ein bisschen stumpf sein und es gibt auch die eine oder andere Delle, aber der Motor läuft noch rund und das Fahrwerk ist auch noch ganz passabel. Im Großen und Ganzen war er zufrieden mit seinem Spiegelbild, nicht zuletzt deshalb, weil in seinen blauen Augen noch immer das gleiche Feuer brannte, wie einst, als er vor zwanzig Jahren, seinen Dienst als Polizeikommissar-Anwärter angetreten hatte.

Als er wieder in seinem Büro war, rief er seinen Vater an.

„Hallo Paps, wie geht`s dir?"

„Wer ist denn da?", erwiderte sein Vater mit teilnahmsloser Stimme.

„Na, wer schon? Benno, dein Sohn."

„Hätt`s dich ja auch schon mal eher melden können. Hast deinen alten Vater wohl schon ganz aus deinem Gedächtnis gestrichen", brummte er vorwurfsvoll.

„Aber wir haben doch erst Heiligabend zusammen verbracht; hast du denn das schon vergessen?", protestierte Altmann.

„Papperlapapp! Das ist doch wohl das Mindeste, was man von seinen Kindern erwarten kann, dass sie einen zu Weihnachten besuchen. Machst du dir überhaupt eine Vorstellung, wie schrecklich langweilig es hier in diesem trostlosen Grufti-Heim ist. Es gibt nicht einen hier - unter all den senilen Dummköpfen – mit dem man eine vernünftige Partie Schach spielen könne. Und von dem schrecklichen

Fraß, der einem hier tagtäglich aufgetischt wird, will ich gar nicht sprechen", schnaubte Nepomuk Altmann.

Altmann raufte sich die Haare - gegen den Altersstarrsinn seines Vaters war nur schwer anzukommen. Außerdem schaffte er es immer im Handumdrehen ihm ein schlechtes Gewissen einzureden.

„Sobald ich Zeit habe, besuch ich dich wieder - Versprochen. Dann können wir Schach oder Karten spielen - aber momentan hab ich verdammt viel um die Ohren."

Altmann sah auf die Uhr, es war zehn vor eins.

„Das sagst du doch immer. Könntest dir auch mal eine andere Ausrede einfallen lassen."

„Es ist nun mal so, wie es ist."

Altmann merkte, wie hohl seine Worte klangen, aber da er wusste, wie sinnlos es war, sich mit seinem Vater auf eine Diskussion einzulassen, versuchte er das Gespräch schnellstmöglich zu beenden.

„Mach`s gut Paps. Und vergiss nicht deine Medikamente zu nehmen."

„Seit wann bist du denn jetzt auch noch mein Arzt? Ich dachte du seist Polizist?", zischte sein Vater und knallte den Hörer auf die Gabel.

Einige Sekunden saß Altmann regungslos, mit dem Hörer in der Hand, noch an seinem Schreibtisch und blickte mit starren Augen vor sich hin. Was lief nur falsch zwischen seinem Vater und ihm? fragte er sich.

Seit sein Vater Anfang des Jahres mit ihm von Frankfurt nach Passau gezogen war, hatte er sich stark verändert. Früher war er um einiges umgänglicher gewesen. Natürlich war es nachvollziehbar, dass es für einen Achtundsiebzigjährigen alles andere als einfach war, das gewohnte Umfeld aufzugeben. „Einen alten Baum verpflanzt man nicht so leicht", hatte er damals gebetsmühlenartig von sich gegeben.

Jetzt war er in einem Seniorenheim auf dem Maria-Hilf-Berg untergebracht, aber er wollte hier nicht – so wie er sich neulich ausgedrückt hatte - die restlichen Jahre seines Lebens versauern. Weder trat er in Kontakt mit anderen Bewohnern, noch nahm er an Gemeinschaftsveranstaltungen teil. Immer mehr verwandelte er sich zu einem mürrischen Einzelgänger. Ganz gewiss vermisste er seine ehemaligen Bahnkollegen.

Über vierzig Jahre lang war er bei der Deutschen Bahn am Frankfurter Hauptbahnhof angestellt und hatte sich bis zum Stellwerks-Leiter hochgearbeitet. Nach seiner Pensionierung war es ihm zur Gewohnheit geworden, einmal in der Woche zu einem Stammtisch zu gehen. Immer mittwochs traf er sich mit ehemaligen Kollegen in einer spartanisch eingerichteten Kantine für Bahnarbeiter, die in einem roten Backsteingebäude – unweit des Stellwerkes - untergebracht war. Dort hatten sie dann bei Lager-Bier und Apfelwein stundenlang alte Erinnerungen ausgetauscht.

Natürlich vermisste sein Vater auch Margarete Altmann, seine Frau. Benno Altmann konnte sich nur noch unklar an seine Mutter erinnern. Wenn er an seine Mutter dachte, stiegen verschwommene Bilder in ihm hoch: sein Vater, der kleine Bruder und er an ihrem Krankenhausbett, Schläuche aus Mund und Nase, groteske, blaue Flecken in ihrem Gesicht. Er war neun Jahre alt gewesen, als seine Mutter in der Frankfurter Innenstadt von einem betrunkenen Autofahrer angefahren und schwer verletzt wurde. Der Fahrer war ohne anzuhalten geflüchtet und konnte nie ermittelt werden. Damals war in ihm der Wunsch gereift später einmal Polizist zu werden, um solche Leute ihrer gerechten Strafe zuzuführen. Wenig später war seine Mutter im Krankenhaus ihren schweren Verletzungen

31

erlegen. Sie war gerademal achtunddreißig Jahre alt geworden. Sein Vater hatte sich seither, soviel er wusste, niemals mehr für eine andere Frau interessiert, geschweige denn geheiratet.

Altmann nahm sich vor, gleich nachdem die Ermittlungen abgeschlossen waren, sich künftig mehr um seinen Vater zu kümmern.

Erneut warf er einen Blick auf die Uhr.

Da sich sein Hunger wieder meldete und er bis zur Besprechung noch Zeit hatte, entschloss sich Altmann die Kantine im Erdgeschoss aufzusuchen.

Außer dem Küchenpersonal und zwei Kollegen von der Streife, die sich im hinteren Teil des Speisesaals hitzig über Fußball unterhielten, war niemand anwesend. Altmann stellte einen Teller Spaghetti Bolognese, einen kleinen gemischten Salat und eine Flache *Cola light* auf einem Tablett ab und setzte sich an einen freien Tisch.

Gerade als er den ersten Bissen zu sich nahm, betrat Julia van Martens den Saal. Sie trug einen eng anliegenden, dunkelblauen Rock mit einer weißen Bluse und schwarze Pumps. Ihre brünetten Haare waren hochgesteckt, das Gesicht dezent geschminkt und auf ihrer Nase ruhte eine

Ray Ban-Brille. Alles in Allem eine attraktive Erscheinung, die signalisierte: „ Aber Hallo! Hier kommt eine energische, erfolgreiche Frau mit Durchsetzungsvermögen!"

Als sie sich am fauchenden Kaffeeautomaten einen Cappuccino entnahm, fing Altmann ihren Blick auf. Er lächelte, sie lächelte zurück. Ein sehr schönes Lächeln, wie er fand. Dann bewegte sie sich mit der Tasse in der Hand geradewegs auf ihn zu. Ihre spitzen Absätze hämmerten übers Parkett.

„Grüß Gott, Herr Altmann. Darf ich mich zu ihnen setzen?"

„Ich würde mich geehrt fühlen, Frau van Martens", antwortete er ein bisschen verlegen, sprang auf und bat ihr einen Stuhl an.

Sie bedankte sich, strich ihren Rock glatt und setzte sich betont langsam, sodass Altmann genügend Zeit blieb, um einen Blick auf ihre wohlgeformten Beine zu erhaschen.

„Und, wie geht´s ihnen, Herr Altmann?"

„Fragen sie mich das jetzt als Psychologin oder als Privatperson?"

„Sowohl als auch, " fügte sie mit einem Lächeln hinzu.

„Tja, wenn ich ehrlich sein soll, ging`s mir schon mal besser." Altmann lies einige Sekunden verstreichen, bevor er fortfuhr.

„Ein junger Mann wurde gestern Nacht in der Altstadt erstochen. Und da der Gerland im Urlaub ist, werde wohl ich die Ermittlungen leiten müssen . . . das bereitet mir schon etwas Kopfzerbrechen."

„Gibt es denn schon eine heiße Spur?"

„Wir tappen noch im Dunkeln. Wir wissen weder den Namen des Ermordeten, geschweige denn den des Mörders. Man muss jetzt abwarten, was die Techniker und die Rechtsmediziner herausfinden. Und wenn wir Glück haben, meldet sich vielleicht ein Zeuge."

„Aber da ist doch noch was anderes, das sie bedrückt. Habe ich recht?"

Julia van Martens fixierte Altmann über den Rand der Brille hinweg. Einige Zeit konnte er ihren Blicken standhalten, doch dann senkte er den Kopf und stocherte verlegen in seinen Spaghetti herum.

„Ich weiß zwar nicht, wie sie darauf kommen. Aber weil sie das jetzt so offen ansprechen, da gäb`s schon noch was, das mich schon seit längerem belastet."

Julia van Martens forderte Altmann mit einem Nicken auf, fortzufahren.

„Wissen sie, es ist mir ein bisschen peinlich, darüber zu sprechen."

Altmann hoffte, dass sein Gesicht mittlerweile nicht die gleiche Farbe wie die Tomatensauce auf seinem Teller angenommen hatte.

„Vertrauen sie mir. Es gibt nichts, was ihnen peinlich sein muss ", beteuerte sie.

„ Na gut", Altmann räusperte sich. „Ich habe große Angst vor Wasser! Oder, wie sie das vermutlich nennen würden, eine Aquaphobie."

„Und wie äußert sich diese Angst? Fürchten sie sich in die Dusche zu gehen?" fragte sie nach.

„Gott bewahre! So schlimm ist es nun auch nicht um mich bestellt. Nein, ich hab nur schreckliche Angst vor tiefen Gewässern. Jedes Mal, wenn ich an einem See oder Fluss vorbeikomme, bricht mir der Angstschweiß aus. Und nachts träume ich manchmal, dass ich ertrinke."

Altmann machte eine hilflose Geste.

„Und da hat es sie ausgerechnet in die Drei-Flüsse-Stadt Passau verschlagen ", bemerkte sie mit einer leichten Ironie in der Stimme.

„Nein, nun ganz im Ernst, Herr Altmann. Wir müssen der Sache auf den Grund gehen! Gibt es denn einen Auslöser für ihre Phobie?" schob sie eilfertig nach.

Altmann schien plötzlich mit seinen Gedanken ganz weit weg zu sein, sein Blick war in die Ferne gerichtet. Dann setzte er zu einer Erklärung an:

„Es war im Sommer 1977. Ich war gerade acht Jahre alt geworden und war mit meinen Eltern und jüngerem Bruder in die Ferien nach Österreich ins Salzkammergut gefahren.

Mein Vater hatte ein Ferienhaus direkt am Attersee angemietet. Am Ufer führte ein Bootssteg in den See hinein. Eines Nachmittags - es war ein brütend heißer Tag, die Sonne stand hoch am Himmel - betrat ich den Steg, um Fische zu beobachten. Sie glänzten silbern in der Sonne. Irgendwie musste ich dann das Gleichgewicht verloren haben und fiel kopfüber in den kalten See. Da ich kein guter Schwimmer war, geriet ich sofort in Panik. Mein Herz pochte wild und heftig. Ich wollte um Hilfe schreien und verschluckte dabei Wasser. Dann ging ich unter. Das Wasser war schwarz und unheimlich. Es gab kein Oben oder Unten mehr.

So fühlt es sich also an, wenn man sterben muss ...; werden Mama und Papa traurig sein? , waren meine letzten Gedanken, bevor ich ohnmächtig wurde.

Als ich wieder zu mir kam, lag ich bäuchlings auf einer Wiese und spuckte Wasser. Mein Vater kniete keuchend in klitschnassen Sachen neben mir. Hätte er damals nicht zufällig aus dem Fenster geschaut, als ich in den See gefallen bin, und hätte er mich nicht noch in letzter Sekunde aus dem Wasser gezogen, säße ich jetzt nicht hier.

Am nächsten Tag sind wir vorzeitig abgereist. Wir sind nie wieder nach Österreich in den Urlaub gefahren."

Einige Sekunden saßen sich Julia van Martens und Benno Altmann schweigend gegenüber.

„Hm, . . . ich verstehe Herr Altmann, doch sie müssen sich ihrer Angst stellen, " ergriff sie das Wort.

„Leichter gesagt, als getan, " wandte er ein.

„Wieso unternehmen sie nicht einfach eine kleine Schifffahrt auf der Donau. Ich könnte sie ja dabei begleiten und therapeutisch unterstützen. Natürlich nur, wenn sie das wünschen?"

Altmann überlegte einen Moment, bevor er zögernd antwortete.

„Das ist wirklich ein verlockendes Angebot, auf das ich später gerne zurückkommen möchte. Doch im Augenblick muss ich mich voll und ganz auf die Mordermittlung konzentrieren."

„Natürlich, Herr Altmann. Aber schieben sie die Sache nicht auf die lange Bank. Je eher sie was unternehmen, desto besser. Ich steh ihnen jederzeit mit Rat und Tat zur Verfügung, " sagte sie. Dann erhob sie sich, gab ihm zum Abschied die Hand und fügte mit einem Augenzwinkern hinzu:

„Sie wissen ja, wo sich mich finden können."

Altmann sah ihr hinterher und als sie sich an der Tür nochmal umdrehte, trafen sich ihre Blicke erneut.

Später als Altmann wieder in seinem Büro war, griff er nach einem leeren Blatt Papier und kritzelte zwei Wörter darauf:

RAUBMORD

AUSLÄNDER

Und darunter setzte er ein großes, schwungvolles Fragezeichen.

Frustriert musste er feststellen, dass sie so gut wie gar nichts in der Hand hatten. Aber war das nicht immer so am Anfang einer Ermittlung?

Er versuchte sich vorzustellen, wie wohl Gottfried Meixner, sein ehemaliger Frankfurter Vorgesetzter und väterlicher Freund, jetzt wohl vorgegangen wäre. Meixner war durch seine ruhige und besonnene Art stets der ruhende Pol des Ermittlungsteams gewesen, zu dem alle aufgesehen hatten.

„Nur keine voreiligen Schlüsse ziehen!", war einer seiner Leitsätze gewesen.

„Nur keine voreiligen Schlüsse ziehen!", murmelte Altmann gedankenverloren vor sich hin.

Dann erhob er sich von seinem Schreibtisch, ging zum Fenster und sah zu dem Glockenturm der St. Antons-Kirche hinüber. Leichter Schneefall hatte eingesetzt und der grüne Zwiebelturm war schon mit einer weißen Schneehaube überzogen.

Mit zusammengekniffenen Augen konnte er gerade noch die Zeiger der Kirchturmuhr erkennen: Es war fünf Minuten vor drei. Höchste Zeit, um sich auf dem Weg zur Besprechung zu machen.

Punkt drei betrat Altmann den Konferenzraum.

Kriminaloberrat Volker Engelbrecht, Altmanns Vorgesetzter hatte bereits am Kopfende des Tisches Platz genommen. Engelbrecht war wie immer *picobello* bekleidet: schwarzer Anzug, weißes Hemd, dezente Krawatte. Altmann konnte sich nicht erinnern, seinen Chef jemals in legerer Kleidung angetroffen zu haben.

Franz Pichler, der links neben Engelbrecht saß, nickte Altmann zu. Im Präsidium kursierten hartnäckige Gerüchte, dass Pichler im Jahr 2001, als das große Börsenfieber grassierte, durch Spekulationen ein Vermögen erwirtschaftet hatte. Altmann hegte da jedoch so seine Zweifel, denn aus welchem Grund sollte er dann immer noch hiersitzen - in seinem abgetragenen Anzug - und war nicht schon längst irgendwo in der Südsee, ließ sich von braungebrannten Inselschönheiten verwöhnen und schlürfte eisgekühlte Cocktails.

Neben Pichler saßen Stone, der in seinen Unterlagen blätterte, und Swoboda, der geistesabwesend auf einem Bleistift herum kaute.

Gegenüber hatte Timo Wagner, ein baumlanger, schlaksiger Kerl mit schwarz gerahmter Brille und Bürstenhaarschnitt, seinen Platz eingenommen. Wenn man irgendein Problem mit seinem Computer oder Handy hatte, war er der richtige Mann.

Am unteren Ende des Tisches saß Katrin Grabowski, 28 Jahre alt, eine Vorzeigepolizistin. Ihre flammend roten Haare - gepaart mit einem buntgestreiften Pullover - bildeten einen angenehmen Farbkontrast zu der nüchternen Atmosphäre des Konferenzraumes. Sie war erst seit Kurzem zu dem Ermittlungsteam gestoßen, konnte sich aber, da sie über eine schnelle Auffassungsgabe verfügte und obendrein außerordentlich ehrgeizig war, rasch integrieren. Ihren schlanken,

41

durchtrainierten Körper verdankte sie einem knallharten Fitnesstraining und Kickboxen.

Altmann setzte sich auf den freien Stuhl neben Engelbrecht. Pichler erhob sich und schloss ein gekipptes Fenster. Offenbar war dies das Signal, dass Engelbrecht beginnen konnte.

„Liebe Kollegen, ich möchte mich zunächst bei denen bedanken, die ihren Weihnachtsurlaub unterbrochen haben, um uns in dieser Mordsache unter die Arme greifen zu können. Aber, wie ihr nur zu gut wisst", ein gequältes Lächeln umspielte seine Lippen, „Verbrecher nehmen nun mal selten Rücksicht auf unsere Urlaubsplanung."

Dann wandte er sich Altmann zu und sagte: „Benno, du wirst die Ermittlungen leiten. Kannst du uns eine erste Zusammenfassung über den Stand der Dinge geben?"

Altmann fühlte sich unwohl in der neuen Rolle des Ermittlungsteamleiters, hoffte aber darauf, dass er das vor seinen Kollegen so gut wie möglich verbergen konnte.

„Nun", begann er zögernd, „zum jetzigen Zeitpunkt lässt sich über den Tathergang nur wenig aussagen. Ein junger Mann, um die 30, vermutlich Südeuropäer, wurde gestern Nacht in der Pfaffengasse niedergestochen und tödlich verletzt. Es gibt keine Tatwaffe. Wir gehen von einem Raubmord aus, da wir weder Portemonnaie noch Sonstiges vorgefunden haben. Ungewöhnlich war, dass die Schuhe fehlten."

„Stone", Altmann drehte den Kopf in Richtung Steininger, „ was ergaben die Anwohnerbefragungen?"

„Außer Spesen nichts gewesen!", Steininger stieß einen Seufzer aus. „Keiner der Anwohner hat auch nur des Geringste g`hört oder g`segn. Die Leut müss`n wirklich an g`sundn Schlaf hab`n."

Dann nickte Altmann Swoboda zu, und gab ihm damit zu verstehen, dass er an der Reihe war. Swoboda blätterte in seinen Papieren und las vor:

„Nach dem vorläufigen Bericht der Rechtsmedizin müsste der Tod gegen dreiundzwanzig Uhr eingetreten sein. Der Leichnam wies eine Stichverletzung in der Bauchgrube auf, was zur Folge hatte, dass die Aorta durchtrennt wurde und er somit verblutet ist."

Swoboda entnahm aus einer Mappe Tatortfotos und ließ sie reihum gehen.

„Die Kleidung des Toten wird noch eingehend untersucht. Was man jedoch schon vorab sagen kann, dass es hochwertige und teure Sachen sind. Jedenfalls nichts von der Stange."

„Zum Schluss noch ein interessantes Detail", fuhr Swoboda fort.

„Die Zigarettenkippe, die ich am Tatort gefunden habe, ist eine *Carpati*, eine Marke, die in Rumänien hergestellt wird. Diese Zigaretten werden, soviel ich weiß, nur in Osteuropa verkauft. Man kann also davon ausgehen, sofern die DNA-Spuren auf der Zigarette mit der DNA des Toten übereinstimmen, dass wir es hier mit einem Osteuropäer zu tun haben."

„Angenommen, du hast Recht mit deiner These", warf Altmann ein, „hätten sich dann nicht in den Taschen des Ermordeten eine Zigarettenpackung oder zumindest ein Feuerzeug oder Streichhölzer befinden müssen? Ist es somit nicht wahrscheinlicher, dass die Zigarette vom Mörder stammt?"

„Das ist natürlich genauso gut möglich", entgegnete Swoboda, „andererseits könnte aber auch, da wir ja hier von einem Raubmord ausgehen, der Mörder die Taschen vollständig entleert haben."

„Bevor wir uns jetzt hier allzu sehr in Spekulationen verlieren", hakte Engelbrecht ein, „denke ich, ist es besser abzuwarten, bis die Laborberichte vorliegen."

Anschließend forderte er Altmann auf weiterzumachen.

„ An der Sache mit der Zigarette müssen wir dranbleiben, das könnte eine heiße Spur sein."

Altmann wandte sich Wagner zu. „Timo, du hängst dich an den Computer und bringst alles über *Carpati* in Erfahrung."

„Weiß jemand, wie viele Tabakläden es hier in Passau gibt?", fragte Altmann in die Runde.

„Vier oder fünf wern`s schon sein", antwortete Steininger.

„Gut, wir müssen die Ladenbesitzer befragen, ob sie diese Marke in ihrem Sortiment führen, und wenn ja, ob sie wissen, wer sie kauft. Das können Katrin und ich übernehmen", sagte Altmann und warf Grabowski einen freundlichen Blick zu.

„Des weiteren", fuhr Altmann fort, „braucht das BKA und Interpol einen detaillierten Bericht und wir müssen die DNA und die Fingerabdrücke mit deren Dateien abgleichen. Timo, das fällt in dein Resort."

Wagner sah auf und drehte den Daumen nach oben.

„Was meint ihr, sollten wir zum jetzigen Zeitpunkt schon ein Foto des Mordopfers in der Presse veröffentlichen, oder sollten wir damit noch warten?", Altmann sah fragend in die Runde.

Nach einigen Sekunden Schweigen entschied schließlich Engelbrecht: „Okay, wir machen das. Je eher wir die Bevölkerung miteinbeziehen, desto schneller können wir hoffentlich diesen Fall zu den Akten legen."

„Gut, dann wäre das geklärt", ergriff Altmann erneut das Wort.

„Franz, könntest du dich bitte darum kümmern?"

Pichler nickte.

„Und", Altmann runzelte fragend die Stirn, „wie war das noch gleich mit dem anonymen Anruf?"

Pichler setzte seine Lesebrille auf, fuhr sich mit der Hand durch sein schütteres Haar und las aus seinen Unterlagen vor:

„Am 26.Dezember um 06Uhr23 ging der Anruf in der Zentrale ein. Ein Mann berichtete mit erkennbar bayerischem Dialekt, dass er einen Toten in der Pfaffengasse entdeckt hatte. Dann legte er auf. Das Ganze dauerte keine fünf Sekunden. Trotzdem konnten wir den Anruf zurückverfolgen - er kam aus einer öffentlichen Telefonzelle am Residenzplatz."

„Ausgezeichnet!", Altmann ließ die flache Hand auf die Tischplatte fallen.

„Das ist doch schon ein erster Ansatz", sagte Altmann und drehte sich Swoboda zu:

„Okay Erwin, du rückst mit deinem Team noch mal aus und untersuchst die Telefonzelle auf Fingerabdrücke oder sonstige Spuren."

Swoboda sah müde und zerknirscht aus.

„Und du, Stone, gehst rund um den Residenzplatz Klinken putzen. Vielleicht ist ja doch irgendjemand etwas aufgefallen. Das Ganze hat aber auch Zeit bis morgen."

„Ach ja, da wär noch was", Altmann wandte sich erneut an Pichler, „lass in die Zeitung noch reinsetzen, dass sich der anonyme Anrufer umgehend bei der Polizei melden solle."

Um vier Uhr dreißig war die Besprechung vorüber. Am nächsten Tag wollten sie sich erneut zusammensetzen, um sich über die neusten Ermittlungsergebnisse auszutauschen.

Einigermaßen zufrieden kehrte Altmann in sein Büro zurück. Er fand, dass er sich bei seiner Premiere ganz passabel geschlagen hatte. Trotzdem beunruhigte ihn etwas, aber er wusste nicht, was es war.

Er ging ans Fenster, öffnete es und atmete tief ein. Es hatte aufgehört zu schneien und nur vereinzelt wirbelten noch kleine Flocken durch die Luft. Dann schloss es das Fenster und setzte sich an den Schreibtisch. Dort verharrte er einige Minuten und reflektierte die heutigen Geschehnisse.

Passau hatte seine Unschuld verloren - eine rote Linie war überschritten worden, dachte er sich besorgt. Seit er hier in Passau war, hatten sie bisher noch keinen Mordfall bearbeiten müssen. Aber jetzt machte das Verbrechen auch vor so einer scheinbar friedvollen Kleinstadt wie Passau nicht mehr Halt. Für einen kurzen Moment wünschte er sich, dass Gerland vom Urlaub zurückkäme, und er die Verantwortung in seine Hände legen könnte.

Schließlich zwang er sich, diese Gedanken zu verdrängen, räumte seinen Schreibtisch auf und fuhr auf direktem Weg nach Hause.

Kurz vor sechs betrat er seine Wohnung in der Kapuzinerstraße Nr.63. Er holte sich eine Weißbierflasche aus dem Kühlschrank und nahm genüsslich ein paar große Schlucke. Dann schob er eine Tiefkühlpizza in den Backofen und duschte sich ausgiebig.

 Den Rest des Abends verbrachte er mit Bier und Pizza vor dem Fernseher. Das ZDF brachte eine Reportage über die Abholzung des brasilianischen Regenwaldes, um Weideflächen für Rinderherden zu schaffen. Der Mensch - die angebliche *Krönung der Schöpfung* - ist das einzige Lebewesen auf Erden, das bewusst seine eigene Lebensgrundlage zerstört, dachte er sich wütend und resignierend zugleich.

Es war kurz vor Mitternacht, bis er endlich einschlafen konnte.

Freitag, der 27.Dezember

Altmann fühlte sich einigermaßen ausgeschlafen, als er um halb sieben erwachte. Er schlüpfte in seinen Bademantel, zog die Jalousie nach oben und kochte Kaffee.

Dann holte er die *Passauer Neue Presse* aus dem Briefkasten, setzte sich an den Küchentisch und überflog, an der Kaffeetasse nippend, die Schlagzeilen:

Brutaler Mord in Passauer Altstadt

Junger Mann in der Pfaffengasse niedergestochen –

Passauer Bürger sind beunruhigt - Polizei tappt noch im

Dunkeln – Polizei bittet um Mithilfe

Wie zu erwarten gewesen, war der Mordfall der Aufmacher des Tages. Altmann betrachtete die Schlagzeilen mit gemischten Gefühlen. Einerseits konnten dadurch von der

Bevölkerung wertvolle Hinweise eingehen, die zur Aufklärung der Tat beitrugen, andererseits würden jetzt die Passauer Einwohner, die Lokalpolitiker und nicht zuletzt seine Vorgesetzten mit allem Nachdruck fordern, dass der Mörder so schnell wie möglich dingfest gemacht wurde.

Er blätterte weiter. Auf Seite zwei war das Foto des Ermordeten abgebildet. Darunter stand:

Wer kannte diesen Mann?

Altmann fand, dass das Portrait nur wenig Gemeinsamkeit mit den Tatortfotos hatte, die Swoboda im Konferenzraum herumgereicht hatte; der schmerzliche Ausdruck auf dem Gesicht war verschwunden. Stattdessen erweckte das Foto des Toten eher den Eindruck, als würde er nur friedlich schlummern.

Vermutlich, zog Altmann in Betracht, hatten die Presseleute, um ihre Leserschaft nicht allzu sehr zu schockieren, das Foto noch nachbearbeiten lassen. Altmann nahm sich vor, diesbezüglich noch Swoboda zu befragen.

Er sah auf die kitschige Wanduhr mit Blümchendekor, die ihm sein Vater zum Einzug in seine erste eigene Wohnung geschenkt hatte und nach mittlerweile fünfundzwanzig

Jahren und sechs weiteren Umzügen noch immer zuverlässig ihren Dienst versah: Es war fast sieben Uhr.

Dann schlurfte er, mit der Kaffeetasse in der Hand, barfuß ins Bad und duschte.

Als es halb acht war, holte er sich warme Sachen aus dem Schrank und zog sie an. Der Wetterbericht, der am Abend zuvor im Fernsehen ausgestrahlt wurde hatte Frost mit bis zu minus 10° angekündigt.

Er verließ die Wohnung und ging auf die Straße hinaus, wo ihm ein bitterkalter Wind entgegenschlug. Mit hochgeschlagenem Kragen und tief in den Jackentaschen vergrabenen Händen stapfte er zu seinem Auto. Klaglos sprang der Motor seines BMWs an.

„Bist halt noch gute, alte deutsche Wertarbeit", lobte Altmann seinen alten BMW mit schwärmerischem Gesichtsausdruck, als er die Kapuzinerstraße entlangfuhr.

Auweia, wenn mich jetzt die van Martens gehört hätte, dachte sich Altmann amüsiert. Ein Mann, der mit seinem Auto spricht.

Dann malte er sich aus, wie er auf ihrer Therapiecouch Platz nimmt, sie neben ihm sitzt, ganz nah, die hübschen

Beine übereinandergeschlagen und kopfschüttelnd in die Patientenakte notiert:

Mittelschwere Psychose – Therapieerfolg unwahrscheinlich!

Er musste sich eingestehen, dass allein der Gedanke daran, sich mit ihr allein in einem Raum aufzuhalten, ihn erregte. Dabei wusste er noch nicht einmal, ob sie einen festen Freund hatte. Doch das herauszufinden, dürfte für einen Kriminalbeamten wohl kein allzu großes Problem sein.

Dann fasste er einen Entschluss: Sobald er den Mordfall abgeschlossen hatte, würde er Julia van Martens zu einer kleinen Donauschifffahrt einladen. Euphorisch, mit einem Lied auf den Lippen, rauschte er mit dem BMW über die Marienbrücke.

Da *zwischen den Jahren* viele Angestellte im Urlaub waren und sich somit erfreulich wenig Autos durch die Passauer Innenstadt drängten ,konnte Altmann schon nach knapp sieben Minuten das Präsidium in der Nibelungenstraße erreichen.

Er setzte sich an seinen Schreibtisch und sah zum Fenster hinaus. Der Wind hatte deutlich nachgelassen und die Äste der alten Linde, die sich in der Mitte des Hofes befand und im Sommer für angenehmen Schatten sorgte, bewegten sich kaum wahrnehmbar.

Dann wählte er die Nummer der Staatsanwaltschaft. Um zehn Uhr dreißig konnte er einen Termin vereinbaren. Anschließend ging er auf den Flur und holte sich am Kaffeeautomaten einen Cappuccino.

Verstohlen schielte er auf die schräg gegenüberliegende Bürotür der Polizeipsychologin und legte sich schon Worte zurecht, falls sie zufällig aus der Tür treten sollte. Doch nichts bewegte sich. Wahrscheinlich war sie um diese Zeit noch nicht mal im Gebäude.

Danach ging er in sein Büro zurück und nutzte die verbliebene Zeit, um die Mordfallakte nochmals durchzugehen.

Um zehn Uhr fünfzehn stellte Altmann sein Auto am Domplatz ab. Der rechteckige Platz, auf dem vor Kurzem noch die Buden des Christkindelmarkts standen, wurde vom Sankt Stephansdom, der Lambergkapelle und einigen prachtvollen Herrenhäusern aus dem achtzehnten Jahrhundert eingerahmt. In einem dieser Häuser, am Domplatz 7a, war die Staatsanwaltschaft untergebracht.

Er betrat mit einem Aktenordner unterm Arm das Gebäude und stieg die breite, elegante Treppe hinauf in die erste Etage. Dann öffnete er die schwere Holztür, an der das Bayerische Staatswappen mit den zwei goldenen Löwen angebracht war und fand sich im Foyer der Staatsanwaltschaft wieder. Der hohe Raum mit Stuck an den Wänden und das frisch gebohnerte Eichenparkett verströmten eine gewisse Noblesse. Als die Vorzimmersekretärin Gerlinde Baumgartner von ihrem Schreibtisch aufsah und ihn erkannte, begrüßte sie ihn lächelnd:

„Guten Morgen, Herr Altmann."

„Guten Morgen, Frau Baumgartner. Hatten sie denn ein schönes Weihnachtsfest?" versuchte sich Altmann in Smalltalk.

„Ach wissen Sie, die meiste Zeit verbringt man mit Kochen und Essen. Und eh man sich´s versieht, sind die Feiertage auch schon rum."

„Ja, das kenne ich", pflichtete er ihr bei.

„ Bitte, Herr Altmann, sie können gleich durchgehen", und deutete mit der Hand auf das Büro der Staatsanwältin am Ende des Korridors hin, „Frau Mohnfeld erwartet sie schon".

„Verbindlichsten Dank", erwiderte er, ging den Flur entlang, klopfte an und nachdem er ein „Herein" vernommen hatte, trat er ein.

Melitta Mohnfeld, oder M.M., wie sie im Präsidium inoffiziell genannt wurde, saß hinter einem imposanten Schreibtisch über einen Stapel von Akten gebeugt und musterte Altmann über den Rand ihrer Brille hinweg. Mit ihrem blondem Pagenkopf, der spitzen Nase und den hohen Wangenknochen erinnerte sie ihn an die Schauspielerin Ruth Maria Kubitschek.

„Einen wunderschönen guten Morgen wünsche ich, Frau Mohnfeld, " Altmann bot seinen ganzen Charme auf, doch dieser prallte von ihr ab wie Schmutz von einer Teflonbeschichtung.

„Guten Morgen", erwiderte sie kurz angebunden.

„Herr… Ähh …, " sie sah kurz in ihre Akte, „Herr Altmann, bitte nehmen Sie Platz ", und verwies ihn auf den Besucherstuhl. Altmann setzte sich und ließ den Blick wandern. Das geräumige Büro war geschmackvoll eingerichtet: Mahagonitische, Ledersofa, Ölbilder an den Wänden. Kein Vergleich zu den Büros im Präsidium mit den abgewetzten Schreibtischen, wackeligen Stühlen und verstaubten Zimmerpflanzen.

„Wo ist denn ihr Kollege, der Herr Gerland?" fragte sie schnippisch.

„Der ist im Urlaub", antwortete Altmann.

„Verstehe, muss ja auch mal sein. Haben sie denn schon mal eine Mordermittlung geleitet."

„Nein, ... aber heißt es nicht: *Irgendwann ist immer das erste Mal?"*

Melitta Mohnfelds Augen verengten sich zu schmalen Schlitzen, doch anstatt auf seine Bemerkung näher einzugehen, sagte sie nur gönnerhaft: „Nun ja, wir werden sehen."

Dann forderte sie Altmann auf zu beginnen und lehnte sich mit verschränkten Armen in ihrem Bürostuhl zurück.

Altmann schlug seinen Aktenordner auf und erstattete Mohnfeld einen ausführlichen Bericht, welchen sie mit versteinerter Miene aufmerksam folgte und nur durch gelegentliches Nicken quittierte.

Am Ende seiner Ausführungen klappte er den Ordner geräuschvoll zu und warf ihr einen erwartungsvollen Blick zu. Einige quälend lange Sekunden saßen sie sich schweigend gegenüber, bis die Staatsanwältin schließlich fortfuhr:

„Gibt es denn noch keine verwertbaren Spuren?"

„Nein, bisher nicht. Wir warten noch auf die abschließenden Berichte der Kriminaltechniker und Rechtsmediziner."

„Je eher wir diese unerfreuliche Geschichte *ad acta* legen können, desto besser. Sie sehen ja selbst ", sie wies mit einer ausladenden Geste auf ihren mit Akten überbordenden Schreibtisch hin, „was hier los ist."

Dann erhob sie sich, und gab ihm damit zu verstehen, dass das Gespräch beendet war.

„Ich danke Ihnen, Herr Altmann", reichte ihm die Hand und fügte hinzu: „Und halten sie mich auf dem Laufenden."

„Selbstverständlich, Frau Mohnfeld", erwiderte Altmann, erhob sich und fügte hinzu: „Ich wünsche ihnen noch einen schönen Tag."

„Auf Wiedersehen", antwortete sie trocken, schon wieder in ihre Akten vertieft.

Als Altmann auf den Domplatz hinaustrat, hatte der Wind wieder zugenommen. Er war kalt und böig und kam aus Osten von den Anhöhen des Böhmerwaldes. Der „böhmische Wind", wie er von den Passauern genannt wurde. Altmann machte den Reißverschluss seiner Jacke bis oben hin zu und zog den Kopf zwischen die Schultern. Da sich sein Magen laut knurrend zu Wort meldete, beschloss er seine Stammpizzeria *Bilancia d`oro,* die nur wenige Fußminuten von hier entfernt war, aufzusuchen.

Während er den Domplatz überquerte, lies er seinem Unmut über die vorrangegangene Unterredung freien Lauf: „Was denkt sich diese arrogante, blöde Ziege eigentlich?

Meint die, nur weil sie in der Gehaltliste einige Stufen über mir steht, kann sie mit mir umspringen wie mit einem dummen Schuljungen!", schimpfte er.

Eine in dicke, schwarze Ordenstracht gehüllte Nonne, die seinen Weg kreuzte, warf ihm missbilligende Blicke zu.

„M.M., Melitta Mohnfeld!", setzte er seine Schimpftiraden unvermindert fort. „Was soll man auch schon von einer Frau erwarten, bei deren Vornamen man sofort an Kaffeefiltertüten denken muss! M.M., das könnte aber genauso gut für „Menschenfressendes Monsterweib" stehen!"

„Menschenfressendes   Monsterweib! Menschenfressendes Monsterweib! Menschenfressendes Monsterweib!"   Immer wieder wiederholte er seine neueste Wortschöpfung, solange bis es ihm besser ging und ein Schmunzeln über sein Gesicht huschte.

Anschließend ging er durch den Südturm des Domes in die Zengergasse, vorbei an der Alten Bischöflichen Residenz und erreichte schließlich den Residenzplatz, den - wie er fand – schönsten Platz Passaus. *Südländisches Flair trifft auf bayerische Gemütlichkeit,* stand trefflicher weise in dem Bildband über Passau, den ihm Engelbrecht bei Amtsantritt im Präsidium überreicht hatte.

Just in dem Moment als die Zwölfuhr-Glocke vom Nordturm anschlug, setzte Altmann seinen Fuß über die Türschwelle der *„Goldenen Waage"*. Er ging am Tresen vorbei zu einem der hinteren Tische, setzte sich und stellte überraschend fest, dass er der einzige Gast war.

Derweilen er die Speisekarte durchlas, kam Guiseppe aus der Küche.

„Buon giorno, Commissario! Va bene?", begrüßte er Altmann überschwänglich.

Guiseppe Zanotti, Mitte fünfzig, war ein Italiener, wie er im Buche steht. Für die Hauptrolle in einem Mafia-Film wäre er sicherlich die Bestbesetzung gewesen. Er war von kleiner Statur, hatte pechschwarzes, von grauen Strähnen durchzogenes Haar, dunkle, sonnengebräunte Haut und listige, kleine Augen, in denen sizilianisches Feuer brannte.

„Ciao, Guiseppe. Es geht so. Und selber?" erkundigte sich Altmann.

„Siehsta doch selba, keine Leut da. Alle mache Urlaub. Is heute nur Verlustegeschäft", antwortete Guiseppe mit bayerisch-italienischen Akzent und raufte sich die gelgetränkten Haare.

„Guiseppe, was kannst du denn heute empfehlen?"

„ Nimm de *Rigatoni Sicilina,* ise ganz frisch heut."

„Gut, dann nehme ich die *Rigatoni.* Aber mach nicht so viel Knoblauch rein; ich muss heute noch zu einer Besprechung. Und bring mir bitte dazu noch ein alkoholfreies Weißbier."

„Bene, *Rigatoni Siciliana* e Weissbirra ohne Alcohol", wiederholte Guiseppe und verschwand umgehend in die Küche.

Aus einem Lautsprecher dudelte *Azurro* von *Adriano Celentano:*

Azzurro,
il pomeriggio è troppo azzurro
e lungo per me.
Mi accorgo
di non avere più risorse,
senza di te,
e allora
io quasi quasi prendo il treno
e vengo, vengo da te ...

Muss doch bestimmt auch schon gute vierzig Jahre auf dem Buckel haben, dachte sich Altmann und wunderte sich wieder einmal wie rasend schnell doch die Zeit verging. Dann ging er an den Tresen und blätterte zerstreut in einer alten Illustrierten. Als Guiseppe aus der Küche zurückkam und das Weißbierglas vor ihn abstellte, fiel Altmanns Blick auf die *Passauer Neue Presse*, die auf dem Schanktisch ausgebreitet lag.

„Hast du`s schon gelesen?", Altmann schwenkte das Weißbierglas und nickte in Richtung der Zeitung.

„Maledeto!", Guiseppe ruderte wild gestikulierend mit den Armen, „was ise los hier? Sin wir jetz schon in Sicilia und nich mehr in Bayern?"

„Die Zeiten haben sich geändert. Die brutalen Verbrechen, die man früher nur aus Großstädten oder aus dem Fernseher kannte, haben jetzt auch die Provinz erreicht. So was nennt man wohl Globalisierung."

„Cazzo!" fluchte Guiseppe. „Wer brauchte schon scheiße Globalisierung? Io non!", brummte er und fuchtelte heftig mit den Händen.

„Was meinst du", Altmann tippte mit dem Finger auf das in der PNP veröffentliche Bild des Mordopfers, „könnte das ein Landsmann von dir sein?"

Guiseppe beugte sich tief über die Zeitung, betrachtete eingehend das Foto und antwortete schließlich zögernd: „Is möglich."

„Kannst dich ja mal umhören. Und solltest du was in Erfahrung bringen", Altmann überreichte ihm seine Visitenkarte, „ruf mich bitte sofort an."

„D`accordo, Commissario. Wenna ich was hör, rufe dich an", sagte Guiseppe und lies seine Goldzähne aufblitzen.

Nachdem Altmann gegessen und bezahlt hatte, ging er zu seinem Auto und fuhr auf den direktem Weg zum Präsidium.

Später auf dem Präsidiumsflur wäre er beinahe mit Julia van Martens zusammengestoßen. Plötzlich tauchte sie vor ihm auf, mehrere Aktenordner auf ihren Armen balancierend und lächelte ihn freundlich an.

„Hallo, Herr Altmann."

„Hallo, Frau van Martens."

Sie sah wie immer hinreißend aus, trug etwas Rotes und Beigefarbenes.

„Kann ich ihnen etwas abnehmen?" fragte Altmann, ganz ein Kavalier der alten Schule.

„Oh nein danke, sehr liebenswürdig, aber das ist wirklich nicht nötig."

Bevor sie an ihm vorbeiging - Altmann konnte den schwachen Duft ihres Parfüms wahrnehmen - drehte sie sich nochmal um und wollte von ihm wissen:

„Haben sie denn schon über mein Angebot nachgedacht?"

„Wie schon gesagt, momentan habe ich alle Hände voll zu tun. Aber sowie ich mehr Zeit habe, melde ich mich bei ihnen - großes Indianerehrenwort!"

„Könnte es sein, Herr Kommissar, dass sie in ihrer Jugend zu viel Karl-May-Romane gelesen haben?" fragte sie neckisch und verschwand ohne eine Antwort zu erwarten in ihrem Büro.

Nachdem Altmann sich einen Kaffee geholt hatte, setzte er sich an seinen Schreibtisch und sortierte seine Unterlagen. Kurz vor drei ging die Tür auf und Pichler steckte den Kopf herein.

„Servus Benno."

„Servus."

„Ich soll dir von Volker ausrichten lassen, dass die Besprechung um halb vier im Konferenzraum stattfindet."

„Danke Franz, ich bin auch gleich soweit."

Altmann musste noch einige Papiere durchsehen, darunter war auch ein Rundschreiben des Bayerischen Innenministeriums. In dem Schreiben wurde ein Artikel des *SPIEGELS* angeführt, der die mangelhafte Schießausbildung bei der deutschen Polizei anprangerte:

Zitternde Hand

Unzureichendes Schießtraining und wirklichkeitsfremde Ausbildungsmethoden vor allem sind schuld daran, dass deutsche Polizisten im Ernstfall häufig versagen.

Statt – wie gesetzlich vorgeschrieben – flüchtende oder Widerstand leistende Straftäter durch gezielte Schüsse nur flucht – und kampfunfähig zu schießen, werden deutsche Polizisten ungewollt zu Scharfrichtern – weil sie nicht richtig schießen können.

Am Ende des Schreibens nahm der bayerische Innenminister dazu Stellung:

„Aufgrund der Häufung von bedauerlichen Vorfällen in letzter Zeit und der damit einhergehenden, negativen Presseveröffentlichungen, sehe ich mich gezwungen – im Interesse der Sicherheit beim Gebrauch der Schusswaffe – das Schießtraining zu intensivieren. Daher ordne ich an, dass ab sofort jede Kollegin oder jeder Kollege, die im Außendienst tätig sind, mindestens 100 Schuss im Monat am Schießstand abgeben müssen."

Gezeichnet
Herbert Wachtveitl, Bayerisches Staatsministerium des Inneren

Altmann merkte, wie die Wut in ihm aufstieg. Meinen denn diese Sesselfurzer im Staatsministerium, wir hätten hier den lieben langen Tag nichts Besseres zu tun, als mit einer Pistole im Anschlag in der Gegend rumzuballern? Wir haben doch jetzt schon zu wenig Leute. Und wie soll das erst werden, wenn dann noch ein Teil der Mannschaft nicht verfügbar ist, weil sie gerade beim Schießtraining ist, dachte er sich aufgebracht, zerriss das Blatt Papier in tausend Schnipsel und ließ sie in den Papierkorb rieseln.

Anschließend räumte er seinen Schreibtisch auf, klemmte sich die Mordfallakte unter den Arm und begab sich in den Konferenzraum.

Die Besprechung dauerte nicht sehr lange. Keiner konnte etwas bahnbrechend Neues hinzufügen. Weder gab es brauchbare Hinweise aus der Bevölkerung, noch eine Übereinstimmung mit den BKA - und Interpol-Dateien. Keiner der befragten Tabakläden-Besitzer verkaufte Zigaretten der Marke *Carpati* und die Nachforschungen am Residenzplatz, von woher der anonyme Anruf gekommen war, verliefen ebenso ergebnislos.

Altmann spürte, dass Engelbrecht unzufrieden war. Aber was sollte er machen? Die tägliche Polizeiarbeit verlief eben nicht so geradlinig und erfolgreich, wie sie Sonntagsabend im Fernsehen dargestellt wurde. Die frustrierenden Momente, wenn die Ermittlungen stockten und die Beamten müde und gereizt waren, bekam man in den *Tatort-Krimis* nur selten zu sehen.

Keiner im Konferenzraum sagte was, die Stimmung war gedrückt. Schließlich wandte sich Altmann an Swoboda und durchbrach das Schweigen:

„Wann können wir mit dem Obduktionsbericht rechnen?"

„Ich hab heute mit der Rechtsmedizin in München telefoniert. Bei denen herrscht zurzeit Hochbetrieb. Die sagen, nach den Feiertagen ist das immer so. Sie denken, wenn alles gut läuft, können sie uns morgen oder übermorgen einen endgültigen Bericht zusenden."

„Okay, ruf da gleich nochmal an und mach denen Dampf unterm Hintern. Spätestens morgen früh brauchen wir die Untersuchungsergebnisse!" forderte Altmann mit Nachdruck.

„Also gut", Altmann sah fragend in die Runde, „hat noch jemand etwas beizutragen?"

Nachdem sich niemand mehr zu Wort meldete, beendete Altmann die Besprechung. Sie vereinbarten, sich morgen Nachmittag erneut zusammenzusetzen. Nach und nach verließen die Polizisten den Konferenzraum, nur Altmann und Engelbrecht blieben zurück.

„Benno", Engelbrecht lockerte seine Krawatte und hob in einer hilflosen Geste seine Arme.

„Was soll ich jetzt bloß den Leuten von der Presse sagen? Und der Polizeipräsident hat heute früh auch schon angerufen und macht mir die Hölle heiß. Er fordert umgehend Ergebnisse."

Altmann atmete tief durch und konterte:

„Du siehst doch selber, dass wir zum jetzigen Zeitpunkt noch so gut wie nichts auf der Hand haben! Meinetwegen kannst du ja den Pressefritzen erzählen, dass wir noch keine verwertbaren Spuren haben und somit dringend auf die Mithilfe der Bevölkerung angewiesen sind. Und dem Polizeipräsidenten kannst du berichten, dass wir - im Rahmen unserer Möglichkeiten - fieberhaft an dem Fall arbeiten. Aber es ist verdammt nochmal wichtig, dass du mir dabei den Rücken freihältst. Ich muss mich in dieser Sache voll und ganz auf dich verlassen können. "

„Du hast leicht reden", entgegnete Engelbrecht mit Sorgenfalten auf der Stirn.

„Ich weiß schon, dass dein Job nicht einfach ist. Aber, kennst du jemand hier im Präsidium, bei dem *das* zutrifft?" fragte Altmann aufgebracht.

„Okay, okay ...", Engelbrecht stand auf, und legte seine Hand beschwichtigend auf Altmanns Schulter.

„Du hast ja Recht. Jeder gibt hier sein Bestes."

Während sie gemeinsam den Raum verließen, fragte Engelbrecht beiläufig: „Wie war`s eigentlich bei der M.M.?"

„Das erzähl ich dir ein anderes Mal", antwortete Altmann ausweichend.

Als Altmann wieder in seinem Büro war, führte er einige Telefonate und erledigte liegengebliebenen Papierkram. Dann fiel ihm ein, dass heute Freitag war. Freitagsabend ging er immer – sofern es seine Zeit zuließ – auf eine Partie Schach ins *Hacklberger Bräustüberl*. Kurz vor sechs verließ er das Präsidium.

Nachdem er die Windschutzscheibe des BMWs von einer dünnen Eisschicht befreit hatte, bog er vom Polizeihof in die Nibelungenstraße ein. Als er die Dreißigerzone in der Spitalhofstraße erreichte, drosselte er seine Geschwindigkeit; die Tachonadel blieb knapp unter der erlaubten Geschwindigkeit. Er machte sein BLAUPUNKT-Autoradio an, das er sich von seinem ersten Gehalt als Polizeischüler angeschafft hatte. Obwohl es nicht mehr das neueste Modell war und die Knöpfe schon arg abgegriffen waren, lief das Radio immer noch zuverlässig wie ein Schweizer Uhrwerk.

Der Nachrichtensprecher kündigte heftigen Schneefall an und riet jedem, der nichts Dringendes zu erledigen hatte, zu Hause zu bleiben.

Scheiße, das fehlte gerade noch, dachte sich Altmann genervt. Das Letzte was wir jetzt gebrauchen können sind unpassierbare Straßen, die unsere Arbeit noch zusätzlich erschwerten.

Um auf andere Gedanken zu kommen, drehte er den Regler auf die Frequenz 89,7 MHz, wo sich der Passauer Sender *Unser Radio* befand, der überwiegend Songs aus den 80er und 90er spielte. Sogleich ertönte die markante Stimme von Phil Collins aus dem Äther:

I can feel it coming in the air tonight, oh Lord
And I've been waiting for this moment for all my life, oh
Lord
Can you feel it coming in the air tonight, oh Lord, oh
Lord …

Altmann ließ die St. Josefskirche hinter sich, deren Granitmauern jetzt im fahlen Dezemberlicht noch düsterer als sonst wirkten und fuhr die B 12 entlang, welche über die Franz-Josef-Straußbrücke führte und schließlich in die B 85 mündete. Von dort aus war es nicht mehr weit bis zur Brauereigaststätte, an die sich ein großer, schattiger Biergarten anschloss, in dem Altmann schon den einen oder anderen schönen Sommerabend mit einem Bierkrug in der Hand ausklingen lassen hatte. Er parkte seinen BMW auf dem Bräuhausplatz, ließ seinen Blick über die

Brauereianlage schweifen, die von grellen Scheinwerfern angestrahlt wurde und stapfte über den knirschenden Kiesplatz hinweg in das Wirtshaus. Bierdunst und Bratenduft hingen in der Luft. Altmann rieb sich die klammen Hände und hängte seine Jacke an einen Hacken.

„Benno! Komm, sitz de her!", rief ihm Rudolf Bernreiter, aus dem hinteren Teil der Gaststube zu und winkte ihn zu sich heran.

Altmann hatte Bernreiter erst kürzlich beim örtlichen Schachclub *SK Passau 1869* kennengelernt. Und da sie sich auf Anhieb sympathisch waren und auf etwa gleichem Niveau spielten, hatten sie vereinbart einmal wöchentlich am Freitag eine Partie Schach auszutragen.

„Servus Rudi."

„Servus Benno. Hast Lust auf a schnelle Partie?", blinzelte ihn Bernreiter durch Brillengläser, dick wie Flaschenböden, erwartungsvoll an.

„Na klar, für eine „Schnelle" hab ich doch immer Zeit", erwiderte Altmann und setzte sich auf den Stuhl ihm gegenüber.

Bernreiter, der aufgrund seiner extremen Kurzsichtigkeit frühzeitig aus dem Verwaltungsdienst der Deutschen Post in Pension geschickt wurde, war ein untersetzter Mann um die sechzig. Seine leicht rosa schimmernde Glatze bildete einen eigenartigen Kontrast zu seinen buschigen Augenbrauen, aus denen krumme graue Haare wucherten. Altmann musste dabei immer unwillkürlich an den früheren Bundesfinanzminister Theo Waigel denken, der mit einer ähnlichen Haarpracht „gesegnet" war.

„Und, wia laufst denn so?", erkundigte sich Bernreiter, während er die Schachfiguren auf dem Brett in Stellung brachte.

Altmann seufzte hörbar, bevor er antwortete: „Bei uns im Präsidium ist die Kacke voll am Dampfen. Du hast doch sicher von dem Mord in der Altstadt gehört?"

„Ja, des hob i g`hört. Kruzenes`n, sowas hod uns groad no gfehlt do in Passau", Bernreiter schüttelte verständnislos mit dem Kopf. „Is ma denn mittlerweile nirgends mehr sicher."

„Weißt du, ich leite die Ermittlungen in dem Fall, und mein Chef, der Engelbrecht, wird schon langsam ungeduldig und möchte Ergebnisse sehen."

„Ja, des kenn i aus meiner aktiv`n Zeit bei da Post. Da hods den lieben Vorgesetzten auch immer ned schnell genug geh kiena."

Bernreiter hob sein Bierglas und nahm einen kräftigen Schluck. Dann beugte er sich weit vor und raunte Altmann ins Ohr: „Du Benno, sog amoi: Habt`s ihr denn schon einen Verdächtigen, oder derfst du mir des aus ..., na, wie sogt man noch gleich ...?"

„... aus ermittlungstaktischen Gründen", half Altmann Bernreiter auf die Sprünge.

„Ja, genau, ... derfst du mir des aus ermittlungstaktischen Gründen ned verraten?", setzte Bernreiter erneut zu seiner Frage an.

„Bisher haben wir noch keine heiße Spur. Aber mehr darf ich dazu nicht sagen. Du weißt schon ...", Altmann warf Bernreiter einen verschwörerischen Blick zu, und flüsterte hinter vorgehaltener Hand: „... aus ermittlungstaktischen Gründen."

Beide brachen in schallendes Gelächter aus.

„So meine Herrn, was derf i euch denn no bringa?", fragte die dralle Bedienung, die sich, mit in den Hüften gestemmten Armen, vor ihnen aufgebaut hatte.

Obwohl sie nicht mehr die Jüngste war - Altmann schätze sie auf Mitte fünfzig – konnte sie in ihrem Dirndl mit dem tief ausgeschnittenen Dekolleté noch immer die Blicke der Männer auf sich ziehen. Altmann malte sich aus, wie sich wohl Julia van Martens in einem Dirndl machen würde. Sicherlich würde sie darin umwerfend aussehen.

„Für mich a Helles und für den Herrn Kommissar a Weißbier, nehm ich an?", wurde Altmann von Bernreiter aus seinen Tagträumen gerissen.

Altmann nickte nur zustimmend und als die Bedienung außer Hörweite war, stellte Bernreiter anerkennend fest:

„Hod ganz schön Holz vor da Hütt´n, findst ned a, Benno?"

„So, tatsächlich, ist mir gar nicht aufgefallen", log Altmann und grinste vielsagend.

Dann rückte er mit seinem Bauern zwei Felder vor und fügte hinzu: „Meine Aufmerksamkeit beschränkt sich hier einzig und allein auf die Schachpartie."

„Ha, ha, wer´s glaubt wird selig. Benno, da hättest du ja Mönch werd´n solln und ned Kriminaler."

Bernreiter schob seinen Läufer diagonal über das Schachbrett.

„Was nicht ist, kann ja noch werden", entgegnete Altmann und brachte seinen Springer in eine zentrale Position.

Nachdem sie insgesamt vier Partien ausgetragen hatten - zwei konnte Altmann für sich entscheiden, die anderen gingen an Bernreiter – brachen sie gemeinsam auf und verabredeten sich für die nächste Woche auf eine neue Schachrunde.

Es war fast Mitternacht, als Altmann seine Wohnung in der Kapuzinerstraße aufschloss. Das große Schnee –Chaos war noch ausgeblieben. Gott sei Dank, dachte sich Altmann, als er schon im Bett lag und sich die Bettdecke über beide Ohren zog.

Samstag, der 28.Dezember

Punkt sieben Uhr schrillte der Wecker. Altmann wälzte sich unruhig im Bett hin und her. Er hatte schlecht geschlafen, aber er konnte sich diesmal nicht erinnern, ob er von einem seiner ständig wiederkehrenden Albträume heimgesucht wurde.

Schließlich zwang er sich aufzustehen und tappte schlaftrunken ins Bad. Nach seiner Morgentoilette begab er sich in die Küche und setzte Kaffee auf. Dann öffnete er die Jalousien und sah zum Fenster hinaus. Es hatte ordentlich geschneit in der Nacht. Die Kapuzinerstraße war mit einer dicken Schneeschicht bedeckt und die am Straßenrand geparkten Autos versteckten sich unter einer weißen Haube. Direkt unter seinem Fenster konnte er seinen Nachbarn, den Herrn Stranzinger beobachten, von dem er nur so viel wusste, dass er Österreicher war und irgendwas mit Computer am Hut hatte, wie er gerade fluchend seinen Audi A6 freischaufelte.

Na wenigstens bleibt mir das erspart, dachte sich Altmann mit Genugtuung, dessen BMW in der Tiefgarage abgestellt war und versuchte auf diese Weise dem Tag etwas Positives abzugewinnen.

Kurz vor acht verließ Altmann seine Wohnung und trat in die kalte Morgendämmerung hinaus. Bevor er ins Präsidium fuhr, wollte er noch einen kleinen Tabakladen in der Löwengrube aufsuchen, der gleich um die Ecke - nur wenige Schritte entfernt - war. Die am Tatort aufgefundene Zigarettenkippe war für Altmann immer noch eine brandheiße Spur, die es nicht zu vernachlässigen galt. Er stapfte durch den knöcheltiefen Schnee und war heilfroh, dass er sich erst vor kurzem – zugegebenermaßen sauteure, aber dafür kuschelig warme – Wildlederstiefel mit Lammfellfutter zugelegt hatte. Manchmal lohnt es sich eben doch in Qualität zu investieren, dachte sich Altmann selbstzufrieden.

Nach nur fünf Minuten hatte er *Unholzer´s Tabakslod`n,* wie ein Emailschild in altdeutscher Schrift auf weißblauem Rautenmuster über der Ladentür ankündigte, erreicht. Altmann wunderte sich, wie man in der Löwengrube, einer ruhigen Seitengasse, die nicht gerade zu den Topadressen der Passauer Innenstadt zählte, als Ladenbesitzer heutzutage noch bestehen konnte. Zumal die Zeiten für Raucher auch schon mal besser gewesen waren, seit dem, das von einem Passauer Lokalpolitiker injizierte

Bürgerbegehren dem Freistaat das bundesweit strengste Rauchverbot der Republik beschert hatte.

Als Altmann durch die Eingangstür ging und die altmodische Ladenglocke bimmeln hörte, fühlte er sich für Sekundenbruchteile in seine Kindheit zurückversetzt. Plötzlich war er wieder der kleine Bub, der in kurzen Lederhosen in den kleinen EDEKA – Laden um die Ecke stürzte, auf Zehenspitzen stehend zwei 10Pfennigstücke auf das Ladenpult legte und anschließend voller Besitzerstolz Gummibärchen in seine Hosentaschen stopfte. Bestimmte Gerüche und Geräusche blieben ein Leben lang im Gedächtnis haften, das hatte man ihnen schon in der Polizeischule beigebracht.

Im Verkaufsraum setzte sich die Nostalgiereise fort: Links war ein vergilbtes Werbeplakat mit dem *HB –Männchen* angebracht, rechts streckte einem der *Camel-Mann* seine Füße mit den durchlöcherten Schuhsohlen entgegen und in der Mitte befand sich auf dem abgewetzten Verkaufstresen eine altertümliche Registrierkasse, die bestimmt schon zu Kaiser Wilhelms Zeiten gute Dienste verrichtet hatte. Zudem waren in Glasvitrinen verschiedenste Pfeifen, Zigarrenkisten, Schnupftabakdosen und Feuerzeuge untergebracht. Das Ganze wurde komplettiert von unterschiedlichsten

Zigarettenpackungen und diversen Flaschen schottischen Malt Whiskys, die bis unter die Decke in Regalen untergebracht waren. Und über allem schwebte der aromatische Duft von kubanischen Zigarren und amerikanischen Zigaretten. Das einzige Zugeständnis an die Moderne schien eine über dem Tresen angebrachte *MARLBORO* - Leuchtreklame zu sein, die den Ladenbesitzer, der soeben aus einem Nebenraum erschien in käsiges Licht tauchte. Der Ladenbesitzer war ein alter Mann mit schlohweißen Karl-Marx-Bart und großer knolliger Nase. Er hatte eine Lammfell-Weste an, so eine wie sie Bauarbeiter trugen, und um seinen Hals baumelte an einer Schnur ein großer türkisfarbener Edelstein.

„Grüß Gott der Herr. Wos ham`s den für an Wunsch?", begrüßte ihn der Ladenbesitzer freundlich lächelnd.

„Grüß Gott", Altmann holte seinen Dienstausweis aus der Jackentasche hervor, hielt ihn mit ausgestrecktem Arm dem Mann entgegen und fügte hinzu: „Altmann von der Kripo Passau".

Der Ladenbesitzer warf einen kurzen Blick auf den Ausweis und sagte schließlich wenig beindruckt: „So, so, ... die Kriminalpolizei. Derf i denn jetzt auf meine oiden Dog etwa a no im „Cafe Viereck" logier`n?". „Cafe Viereck" war für Alteingesessene die ortsübliche Bezeichnung für die Passauer Justizvollzuganstalt.

Altmann musste schmunzeln, eher er antwortete.

„Nein, nein Herr Unholzer. Ich habe nur ein paar Fragen an sie. Verkaufen sie rumänische Zigaretten der Marke *Carpati* oder kennen sie jemand, der diese Marke raucht?".

Altmann hielt ihm eine Klarsichthülle, in der sich eine Abbildung der Zigarettenschachtel befand, unter die Nase. Der alte Mann nahm die Klarsichthülle an sich, kniff die Augen zusammen und schüttelte dann den Kopf.

„Na, ... duat ma leid, Herr Kommissar. Is ma no nie unterkemma. Wissen`s, de Zigarett`n aus`n ehemaligen Ostblock wer`n nur selten verlangt. I hob zwar a paar Ex-DDRler als Kundschaft, für de i *Cabinet* und *f6* ins Sortiment aufgnomma hob. Aber ansonst`n, sie seng`s ja selber", er wies mit der Hand auf die Auslage, „dominier`n hier die Westprodukte. De is a Sach von Angebot und Nachfrage, verstehn`s?"

„Ja, verstehe", Altmann nickte und überreichte seine Visitenkarte.

„Sollten sie oder einer ihrer Kollegen doch noch was in Erfahrung bringen, zögern sie bitte nicht und rufen mich an."

„Selbstverständlich Herr Kommissar", versicherte der Ladeninhaber.

„ Jetzt hätte ich noch eine Frage, aber die ist rein privater Natur: Kommt man denn heutzutage als Tabakhändler noch über die Runden? Und hat sich ihr Umsatz verringert, seit es das absolute Rauchverbot gibt? "

„Natürlich, des kenn i scho. De Zeit`n san schwieriger word`n. Aber zum Glück hob i aber a treue Stammkundschaft, de se von a so am deppert`n Gesetz des Raucha ganz bestimmt net vebiet`n lasst. Und in zwoi, drei Jahr`n geh i sowieso in Rente."

„Ich danke ihnen für die Auskunft", sagte Altmann und schüttelte ihm zum Abschied die Hand. „Und wie schon gesagt, sollten sie noch was herausfinden, rufen sie mich bitte umgehend an. Also bis dann, Herr Unholzer. Auf Wiedersehen."

„Wiederschau`n Herr Kommissar."

Als Altmann schon mit der Hand an der Türklinke war, rief der alte Mann noch hinterher: „Warten`s Herr Kommissar, derf i eahna noch a Probepackal  Zigarett`n mitgeb`n? Is feinster Virgina-Tabak."

Altmann lehnte dankend ab und schob im Hinausgehen noch eine Erklärung hinterher: „Hab`s mir vor zwei Jahren abgewöhnt."

Als er auf die Straße trat, fegte ein eiskalter Wind durch die Stadt. Altmann zog den Kopf ein, folgte mit schnellen Schritten dem krummen Verlauf der Löwengrube, kreuzte die Maria-Hilf-Straße und fand sich auf dem Kirchplatz wieder. Dort steuerte er geradewegs auf die Sparkassenfiliale zu, um Geld vom Automaten abzuheben.

Neben dem Eingang zur Sparkasse kauerte ein Bettler – seine ganzen Habseligkeiten auf einem schmutzigen Karton ausgebreitet – frierend an der Hausmauer. Der junge Mann - Altmann schätzte ihn auf keine dreißig Jahre - starrte ihn aus großen, flehenden Augen an und hielt ihm einen McDonald-Pappbecher, der als Sammelbüchse diente, entgegen. Altmann war sich zunächst unsicher, ob der Mann nicht zu einer diesen rumänischen Bettlerbanden gehörte, die jetzt immer häufiger in deutschen Städten ihr

Unwesen trieben oder ob er einfach nur ein armer Teufel war, der Hunger hatte und sich etwas Geld für die nächste Mahlzeit zusammenbettelte. Natürlich hätte er jetzt seinen Dienstausweis zücken können, und die Personalien des Mannes überprüfen können Aber das gehörte nicht zu seinem Aufgabenbereich, denn dafür waren die Kollegen in Uniform zuständig. Letztendlich gewann der Samariter in ihm die Oberhand, sodass er eine Euro-Münze aus seiner Hosentasche hervorkramte und in den Becher warf. Der Bettler verneigte sich kurz, murmelte etwas wie ein Dankeschön und setzte ein ergebenes Lächeln auf, wobei eine lückenhafte, von Karies zerfressene Zahnreihe zum Vorschein kam.

Als Altmann sich im Vorraum der Sparkasse befand und gerade Geldscheine aus dem Automaten zog, durchfuhr es ihn wie ein Blitz: Irgendetwas stimmte nicht. Irgendetwas stimmte nicht mit dem Bettler. Aber er kam nicht sofort drauf, was es war. Schließlich näherte er sich dem Ausgang und spähte vorsichtig durch die Glasschiebetür hinaus ins Freie, wo er den Mann im Blickfeld hatte. Der Mann stand da und rauchte eine Zigarette. Plötzlich wusste er es: es waren die Schuhe! Diese eleganten schwarzen Lederschuhe wirkten an dem Mann, dessen übrige Kleidung aus einer löchrigen Jeans und einer speckigen Armeejacke bestand, seltsam deplatziert.

Altmann war wie elektrisiert. Sein kriminalistischer Spürsinn sagte Ihm, dass er soeben eine wichtige Entdeckung gemacht hatte. Zugleich wusste er, dass er jetzt auf der Hut sein musste.

Altmann verließ das Sparkassengebäude und ging auf den Mann zu. Der Mann lächelte Altmann an und schnippte seinen Zigarettenstummel in den Schnee.

„Entschuldigung, hätten sie für mich auch eine Zigarette?", wandte sich Altmann ihm zu.

Der Mann zuckte mit den Schultern und sah ihn fragend an. Daraufhin führte Altmann eine imaginäre Zigarette an den Mund und hauchte Dampfwölkchen in die Luft. Schlagartig erhellte sich die Miene des Mannes und er förderte aus seiner Jackentasche eine zerknautsche Zigarettenpackung zutage, fingerte eine Zigarette hervor und bot sie Altmann an. Altmann warf einen kurzen Blick auf die Zigarettenpackung: es war eine weiße Packung mit schwarzem Hirschkopf darauf - eine *Carpati*. Bingo! schoss es Altmann durch den Kopf, das ist unser Mann.

Altmann nahm die angebotene Zigarette entgegen, ließ sie mit einem Streichholz anzünden, nahm einen tiefen Zug, bedankte sich und wünschte dem Mann noch einen schönen Tag. Anschließend überquerte er den Kirchplatz, ging an der alten Lederfabrik vorbei und drückte sich in einen Hauseingang, von wo aus er den Mann observieren konnte, ohne selbst von ihm gesehen zu werden. Dann holte er sein Handy hervor und wählte die Nummer des Präsidiums. Pichler war am anderen Ende der Leitung.

„Hallo Franz, hier Benno. Hör mal, ich bin hier in der Innstadt auf dem Kirchplatz bei der alten Lederfabrik. Ich brauche dringend Verstärkung, und zwar zwei Leute in Zivil. Es könnte sein, dass ich unseren „Carpati-Mann" aufgespürt habe."

„Gute Nachrichten sind immer willkommen", sagte Pichler und seufzte hörbar. „Ich kann dir Katrin und Stone vorbeischicken."

„Okay. Sag ihnen, sie sollen Schutzweste und Dienstwaffe bei sich tragen. Und dass sie mir hier ja nicht mit Blaulicht und Martinshorn angerauscht kommen."

„In Ordnung Benno, ich werd`s ausrichten. Und viel Glück noch."

„Danke, das können wir gebrauchen", beendete Altmann das Gespräch und klappte sein Handy zu.

Als die Glocken der Sankt-Gertraud-Kirche anschlugen, zuckte Altmann erschrocken zusammen. Er zählte neun Schläge. Seine Nerven waren angespannt. Immer wieder sah er ungeduldig auf seine Armbanduhr. Zum Teufel, wo bleiben die nur, dachte er sich ungehalten.

Endlich rollte der silberne Dienst - Audi heran. Altmann deutete Steininger an das Auto im Innenhof der Lederfabrik abzustellen.

Als Grabowski und Steininger zu ihm gestoßen waren, hielt Altmann eine kurze Lagebesprechung ab.

„Okay", Altmann wies mit der Hand in Richtung des jungen Mannes.

„Seht ihr den Bettler am Eingang der Sparkasse?"

Beide nickten.

„Das könnte unser Mann mit der *Carpati*-Zigarette sein".

Und, als müsste er seinen Verdacht erhärten, ging Altmann in die Knie, griff nach der Zigarettenkippe, die er zuvor auf dem Kopfsteinpflaster ausgetreten hatte und reckte sie in die Luft.

„Hört zu, ich hab mir das Ganze so vorgestellt: Ich gehe um den Häuserblock herum", Altmann zeichnete mit dem Finger ein Quadrat in die Luft, „ und warte dort an der Ecke Mariahilf-Straße – Löwengrube. Wenn ich vor Ort bin, sag ich euch per Handy Bescheid. Dann kommt ihr ins Spiel. Ihr überprüft seine Personalien und nehmt ihn wegen dringenden Verdachts einer Straftat fest. Und vergesst nicht, er könnte bewaffnet sein."

Altmann wechselte zwischen seinen Kollegen kurze Blicke.

„Gibt`s noch Fragen?"

Grabowski und Steininger schüttelten den Kopf.

„Ach ja, da ist noch was", sagte Altmann und wandte sich bereits im Gehen noch mal um, „der Kerl versteht kein Deutsch, aber ihr könnt´s ja mal mit Englisch probieren."

Vorsichtig schlich Altmann an der Häuserfront der alten Lederfabrik entlang. Im Reitergaßl beschleunigte er seine Schritte, bog dann links in die Jahnstraße ein und erreichte kurze Zeit später die Mariahilf-Straße. Hier ging er weiter Richtung Innbrücke, vorbei an der Kneipe *NixNutz* und blieb vor der *Alten Apotheke* stehen, von wo aus er bequem den ganzen Kirchplatz überblicken konnte. Dann zückte er sein Handy, wählte Steiningers Nummer und gab das Kommando: „Zugriff!"

Bald darauf tauchten Steininger und Grabowski am anderen Ende des Kirchplatzes auf, gingen schnurstracks auf den Mann zu und forderten diesen auf, sich auszuweisen. Altmann sah, wie der Mann daraufhin in die Hocke ging, um in seinem Rucksack herumzukramen. Doch plötzlich sprang er, wie von der Tarantel gestochen auf, - Steininger versuchte ihn noch vergeblich am Kragen festzuhalten - und rannte blindlings über die Mariahilf-Straße, wo er fast auf der Kühlerhaube eines Land Rovers gelandet wäre. Der Fahrer des Land Rovers legte eine Vollbremsung hin, kurbelte wutentbrannt die Seitenscheibe herunter und brüllte ihm nach:

„Du damischer Ritter, du damischer! Bist woi lebensmiad!"

Ohne sich umzusehen, setzte der Mann seine Flucht Richtung Innbrücke fort und lief dort direkt in Altmanns Arme. Der Mann wehrte sich mit Händen und Füßen, doch gegen Altmanns eisernen Polizeigriff hatte er nicht den Hauch einer Chance. Und als Steininger hinzukam, klickten auch schon die Handschellen.

„Jetzt entkummst uns nimmer, du Hundskrippe", schnaubte Steininger.

Altmann warf Steininger einen scharfen Blick zu und gab ihm damit zu verstehen, dass er seine Ausdrucksweise missbilligte. Solange jemand nicht rechtskräftig verurteilt war, galt hier schließlich immer noch die Unschuldsvermutung.

Unter den neugierigen Blicken umstehender Passanten, führten sie den Mann ab. Obwohl dieser höchstwahrscheinlich von dem Ganzen nicht ein einziges Wort verstand, wurde er von Grabowski auf dem Weg zum Auto noch über seine Rechte aufgeklärt. Aber Vorschrift war Vorschrift, daran ließ sich nichts ändern.

Kaum waren sie in den Audi gestiegen, Grabowski saß auf dem Beifahrersitz, Altmann nahm mit dem Mann im Fond Platz, startete Steininger den Motor und drückte das Gaspedal durch. Gegen zehn Uhr erreichten sie das Präsidium. Als erstes lieferten sie den Mann bei den uniformierten Kollegen ab, die ihn in Gewahrsam nahmen.

Später fanden sich Grabowski, Steininger und Wagner in Altmanns Büro zu einer kleinen Teambesprechung ein. Zunächst weihte Altmann Wagner in die vorangegangenen

Geschehnisse ein. „Endlich haben wir einen Verdächtigen. Darauf lässt sich aufbauen", schloss er seinen Bericht ab.

„Nun komm schon, Katrin. Spann uns nicht noch länger auf die Folter", gab Altmann Grabowski zu verstehen, dass es an der Zeit war, den mitgebrachten Rucksack zu untersuchen.

„No, dann schauen mia amal", sagte Grabowski, die gebürtige Düsseldorferin, mit einem missglückten Versuch bayerischen Dialekt zu sprechen, woraufhin Steininger und Wagner amüsiert vielsagende Blicke tauschten. Dann holte sie Einweghandschuhe hervor, streifte sie über, hob mit spitzen Fingern den olivgrünen Rucksack des Mannes auf, öffnete ihn und verstreute den Inhalt über Altmanns Schreibtisch.

„Okay, was haben wir hier", Grabowski versuchte etwas Ordnung in das Chaos zu bringen:

„Zwei Packungen Zigaretten der Marke „*Carpati*", ein Plastikfeuerzeug, drei Paar Socken, ein Taschenmesser, eine Geldbörse, ein Notizbuch, zwei Dosen Cola und eine Tafel Schokolade."

Grabowski vergewisserte sich, ob sie den Rucksack auch vollständig entleert hatte, und stellte dann fest: „Wie es scheint, war`s das."

„Nun zeig schon, was im Portemonnaie steckt", drängte Altmann.

Grabowski brachte - neben einigen Euro - Münzen und einen 100 Lei – Geldschein - einem rumänischen Personalausweis zu Tage, und las die Daten ab:

„Dragos Ghorgescu,
geboren am 17.10.1986 in Satu Mare,
wohnhaft in Timisoara, Strada Negru 47."

Altmann nahm den Ausweis an sich, prüfte Ihn auf Echtheit und reichte ihn an Wagner weiter.

„Timo, du schaust mal, was du über unseren Freund Dragos alles herausfinden kannst?"

Wagner nickte, erhob sich und verschwand mit dem Ausweis in der Hand zurück in sein Büro.

„Was meint ihr, könnte man denn mit so einen Messerchen jemand abstechen?", fragte Grabowski, und lenkte das Interesse auf das vor ihr liegende Schweizer- Taschenmesser.

Dann klappte sie das Messer auf, und betrachtete es neugierig von allen Seiten, sodass sich das Licht der Bürotischlampe glitzernd auf der Klinge fing.

„Möglich is schon", meldete sich Steininger zu Wort. „Neulich hab i im Fernseher einen Film g`sehn, wo ein Knastbruder den anderen mit einem normalen Eßlöffel um d`Eck`n bracht hod."

„Stone, mir scheint`s, dass du entschieden zu viel Zeit vor der Flimmerkiste verbringst - ich glaube ich sollte dir mehr Überstunden aufbrummen", sagte Altmann spaßeshalber.

„Vielleicht bringt uns ja des Notizbüchal weida", fuhr Steininger fort, ohne auf Altmanns Bemerkungen weiter einzugehen und schlug die erste Seite des Notizbuches auf.

„Hier steht noch einmal sein Name mit Adresse, oba des wissma ja schon. Interessanter könnt da schon die Telefonnummer sei, die hier aufg`schriebn is: 0040 – 202783146. Ich vermute, dass des a rumänische Nummer is, aber i werd des noch checken." Steininger blätterte weiter. „Es folg`n noch mehrere Eintragungen, oba natürlich ois auf Rumänisch. Und da versteh i jetzt genauso vui, als wär`s auf Chinesisch g`schriebn."

„Okay. Stone, du kümmerst dich um einen Dolmetscher, der einen Blick in das Notizbuch wirft und der beim Verhör von Dragos zugegen sein wird. Und du Katrin, bringst bitte den Rest hier ins Labor", gab Altmann seine Anweisungen.

Dann stand er von seinem Bürostuhl auf, reckte sich und gab somit zu verstehen, dass die Sitzung zu Ende war.

Nachdem Altmann wieder allein in seinem Büro war, befasste er sich mit ein paar liegen gebliebenen Akten. Es war fast dreizehn Uhr, als er seinen Bleistift zur Seite legte und sich auf den Weg in die Kantine machte.

Da die Mittagspause schon fast vorbei war, saßen nur vereinzelt Kollegen an den Tischen. Altmann nahm sich eine Leberkäsesemmel und eine Biolimonade, bezahlte und schaute sich um. Im hinteren Teil, in der Nähe des monströsen Gummibaumes, entdeckte er Swoboda, der dort allein an einem Tisch – über eine Tasse Kaffee gebeugt – saß.

„Servus Erwin", begrüßte Altmann Swoboda, als er an seinen Tisch herangetreten war.

„Servus Benno, bitte setz dich doch", erwiderte Swoboda - ausnahmsweise gut gelaunt - und wies auf den Stuhl ihm gegenüber.

„Hast du`s schon gehört, wir haben einen Verdächtigen", fing Altmann an.

„Ja, Stone hat`s mir schon gesagt. Aber nun erzähl schon, wie ist denn das Ganze abgelaufen."

„ Also", holte Altmann aus und biss von seiner Semmel ab, „nachdem ich heute Morgen einen Tabakhändler in der Innstadt aufgesucht hatte, um der Sache mit den rumänischen Zigaretten nachzugehen - was allerdings nichts eingebracht hatte - bin ich noch in die Sparkasse am Kirchplatz gegangen, um Geld abzuheben. Und dort, am Eingang der Filiale, ist mir ein junger Landstreicher aufgefallen, der angesichts seiner übrigen zerlumpten Kleidung auffällig gut gepflegte und teuer aussehende, schwarze Lederschuhe anhatte. Und als ich dann sah, wie er sich eine Zigarette der Marke *Carpati* angezündet hatte, brauchte ich nur noch eins und eins zusammenzählen."

„Da sieht man mal wieder: auf „Kommissar Zufall" ist eben immer noch Verlass", stellte Swoboda fest und nippte an seiner Kaffeetasse.

„Okay Erwin, du musst jetzt Folgendes für mich erledigen: Du nimmst die Schuhe unter die Lupe und überprüfst sie daraufhin, ob sie die des Mordopfers sind. Und dann vergleichst du noch die DNA auf der am Tatort sichergestellten Zigarette mit der DNA des Landstreichers."

„Geht in Ordnung. Übrigens habe ich heute den Obduktionsbericht rein bekommen."

„Sehr gut. Heute bei der Nachmittagsbesprechung kannst du ja die Ergebnisse vortragen. "

Swoboda nickte und stand vom Tisch auf.

„Ich werde mich dann gleich mal an die Arbeit machen", sagte Swoboda und verabschiedete sich.

Später als Altmann wieder am Schreibtisch in seinem Büro saß, steckte Steininger seinen Kopf zur Tür herein.

„Servus Benno. Du der Dolmetscher is scho do. Ein gewissa Herr Petrescu, Professor an der Uni. Is a ganz a komischer Vog`l, wenns`t mi fragst."

„Danke, Stone. Bring doch bitte den Professor und Dragos schon mal ins Verhörzimmer. Ich bin in circa zehn Minuten da."

„Okay", sagte Steininger und war auch schon wieder verschwunden.

Wenig später betrat Altmann – mit einer dampfenden Tasse Kaffee in der einen und einer Aktenmappe in der anderen Hand – das fensterlose, grell beleuchtete Verhörzimmer. Er nickte dem Beamten zu, der an der Tür Wache stand und begrüßte den Professor per Handschlag. Professor Dr. Dr. Valentin Petrescu, 39 Jahre alt, Lehrstuhlinhaber für Kulturwirtschaft und Philosophie an der hiesigen Universität. Nicht schlecht für einen Mann seines Alters, dachte sich Altmann, nachdem er einen Blick in das Vernehmungsprotokoll geworfen hatte.

Petrescu trug einen extravaganten, kornblumenblauen Anzug mit safrangelben Schuhen und ebenso farbiger Brille. Um seinen Hals hatte er einen langen, bunten

Seidenschal gewickelt, was seinen blankpolierten Glatzkopf noch besser zur Geltung brachte. Jetzt wusste Altmann, was Steininger mit der Bemerkung „komischer Vogel" gemeint hatte, obgleich, wie er meinte, die Bezeichnung „Paradiesvogel" es wohl besser traf. Insgeheim bewunderte Altmann Leute, die den Mut und das Selbstvertrauen hatten, sich so zu kleiden. Er selber zog es jedoch vor gedeckte Farben zu tragen. In dieser Hinsicht war er wohl eher eine graue Maus als ein schillernder Modegecko. Dennoch achtete er beim Kauf seiner Klamotten auf Qualität und es war ihm wichtig, dass sie bequem zu tragen waren. Ein kurzes Lächeln huschte über sein Gesicht, als er sich vorstellte, wie wohl seine Kollegen reagieren würden, wenn er eines Morgens mit einem Aufzug wie ihn der Professor trug, zur Arbeit erscheinen würde.

Altmann bot dem Professor und Ghorgescu Kaffee an, was diese jedoch kopfschüttelnd ablehnten. Nachdem Altmann das Aufnahmegerät eingeschaltet hatte, führte er zunächst eine ausführliche Rechtsbelehrung durch, wobei er zwischendrin kurze Pausen einlegte, damit der Professor übersetzen konnte.

„Herr Ghorgescu, haben sie mich soweit verstanden?", wandte sich Altmann direkt an den jungen Mann, der, nachdem die Frage auf Rumänisch gestellt wurde, mit dem Kopf nickte.

„Herr Ghorgescu", fuhr Altmann fort, „wo waren sie in der Nacht des 25. Dezembers?"

Der Professor gab die Frage an Ghorgescu weiter und antwortete schließlich: „In Passau".

„Wo genau in Passau?", bohrte Altmann nach.

„Ich bin obdachlos und bin ziellos in der Stadt umhergestreift", übersetzte der Professor.

Altmann zog einen Stadtplan von Passau hervor, breitete ihn auf dem Tisch aus, und setzte seine Befragung fort: „Herr Ghorgescu, können sie mir auf der Karte zeigen, wo sie sich aufhielten?"

Der Professor und Ghorgescu wechselten kurze Sätze, woraufhin Ghorgescu einen Blick auf die Karte warf und dann energisch den Kopf schüttelte.

Altmann merkte, dass er langsam wütend wurde; so kam er nicht weiter. Schließlich entnahm er das Foto des Mordopfers aus der Mappe, schob es über den Tisch und nahm Ghorgescu mit fester Stimme ins Verhör:

„Haben sie diesen Mann schon mal gesehen?"

Altmann bemerkte sofort die Veränderung im Gesicht des jungen Mannes: seine Augen flackerten nervös.

„Haben sie diesen Mann schon mal gesehen?", wiederholte Altmann noch eindringlicher seine Frage und tippte mit dem Finger auf das Foto.

Ghorgescu schien erschöpft zu sein, die Spannung wich aus seinem Körper und er sackte in sich zusammen. Dann fing er hemmungslos zu weinen an. Altmann reichte ihm eine Packung Papiertaschentücher und ließ zwei bis drei Minuten verstreichen. Er wusste, dass er an einem entscheidenden Punkt des Verhörs angelangt war. Allerdings wusste er auch, dass jetzt Fingerspitzengefühl von Nöten war: entweder stand er kurz vor dem Durchbruch und konnte Ghorgescu ein Geständnis entlocken oder dieser verschloss sich und dann war gar nichts mehr aus ihm herauszuholen. Für einen kurzen Moment wünschte er sich, er hätte Julia van Martens an seiner Seite gehabt, um sich mit ihr zu beratschlagen. Doch dann gelang es ihm den Gedanken von sich zu schieben und setzte zum Finale an:

„Herr Ghorgescu, ich weiß, dass sie müde sind. Aber je eher sie jetzt ihr Gewissen erleichtern, desto schneller können sie eine heiße Dusche nehmen und sich ausruhen. Also", Altmann hielt ihm das Foto unter die Nase, „haben sie diesen Mann getötet?"

Nachdem der Professor übersetzt hatte, hob Ghorgescu langsam seinen Kopf und sah Altmann mit großen empörten Augen an. Dann schüttelte er heftig den Kopf und wiederholte gebetsmühlenartig ein einziges Wort: „Nu, nu, nu ...".

Altmann verstand auch ohne Übersetzung.

Plötzlich ergoss sich ein regelrechter Wortschwall aus Ghorgescus Mund, worauf der Professor den aufgebrachten Ghorgescu zu beruhigen versuchte. Anschließend drehte sich der Professor um und sah Altmann mit ernstem Blick an:

„Er sagt, er habe niemanden getötet. Er hat noch nie jemanden etwas zu leide getan. Da es in dieser Nacht sehr kalt gewesen war, musste er in Bewegung bleiben, um nicht zu erfrieren. In einer Seitengasse hatte er dann den Mann auf dem Foto vorgefunden. Er war tot, das hatte er sofort gewusst. Und mit Toten, sagt er, kennt er sich aus, da er in Rumänien früher eine Zeit lang als Totengräber gearbeitet hatte. Einzig und allein, um sich wegen der schrecklichen Kälte eine Unterkunft leisten zu können, hatte er dann die Taschen des Ermordeten nach Bargeld durchsucht. Da er allerdings nichts finden konnte, hatte er lediglich die Schuhe mitgenommen."

„Was geschah dann?", fragte Altmann.

Der Professor befragte Ghorgescu und antwortete:

„Nachdem er die Schuhe getauscht hatte – seine alten hatte er in eine Mülltonne gesteckt -, zog er weiter und verbrachte den Rest der Nacht in einem leer stehenden Haus am Innufer."

„Wissen sie, wie spät es war, als sie die Leiche entdeckt hatten?"

„Er sagt, es muss kurz vor Mitternacht gewesen sein, weil wenig später die Glocke des Domes zwölfmal angeschlagen hatte", erwiderte der Professor.

„Hat sie am Tatort jemand gesehen oder war ihnen irgendwer in der Nähe aufgefallen?"

Der Professor dolmetschte, worauf Ghorgescu mit dem Kopf schüttelte.

„Noch eine letzte Frage", Altmann sah ein, dass er heute nicht mehr weiter kam, „auf dem Weg zu ihrer Schlafstätte, ist ihnen da jemand begegnet?"

Wieder steckten der Professor und Ghorgescu die Köpfe zusammen, ehe der Professor antwortete:

„Außer zwei Betrunkenen, die torkelnd über die Innbrücke liefen, ist ihm niemand begegnet."

„Okay, lassen wir es gut sein für heute", Altmann klappte seinen Aktenordner zu, erhob sich und bedankte sich bei dem Professor für dessen Hilfe.

„Es kann sein, dass wir ihre Dienste nochmals in Anspruch nehmen müssen", sagte Altmann zum Professor, während er ihm die Hand schüttelte.

„Also halten sie sich bitte bereit", fügte er hinzu.

„Natürlich", antwortete der Professor, „und sollte ich nicht zu Hause sein, können sie mich höchstwahrscheinlich an der Universität antreffen. Man ist doch immer froh, wenn man der Polizei, seinem „Freund und Helfer" unter die Arme greifen kann."

Altmann sah über die leichte Ironie im letzten Satz hinweg und verabschiedete sich vom Professor. Zugleich wies er den Kollegen an der Tür an, Ghorgescu wieder in Verwahrung zu nehmen.

Altmann blieb alleine im Verhörraum zurück und schrieb noch einige Randnotizen ins Vernehmungsprotokoll. Dann erhob er sich, verließ den Raum und ging ins angrenzende Nebenzimmer, wo er bereits von Pichler erwartet wurde, der von dort aus - durch einen Venezianischen Spiegel - das ganze Verhör mitverfolgen konnte.

„Und, was denkst du?", fragte Altmann und setzte sich auf einen Stuhl, „ist das unser Mann?"

„Durchaus möglich", stellte Pichler fest, während er mit einem Stift rhythmisch auf die Tischplatte klopfte.

„Also wenn ich mich mal in seine Situation hinein versetze", fuhr Pichler fort. „Es ist Weihnachten - das Fest der Liebe und Geborgenheit. Drinnen in den warmen Stuben sitzen Familien zusammen, verzehren genüsslich den Weihnachtsbraten und verteilen Geschenke. Draußen ist es kalt, feucht und dunkel. Du hast keine feste Bleibe, streunst durch die einsamen Straßen und hast Hunger. Deine Gedanken kreisen und du wünscht dir nur noch: etwas hinter die Kiemen zu bekommen und ein schönes warmes Bett. Dann läuft dir so ein Typ über den Weg, der aussieht, als hätte er Geld. Zunächst noch bittest du ihn höflich, ob er dir ein paar Euro für eine warme Mahlzeit geben könnte. Als er dir jedoch nur einen verachtenden Blick zukommen lässt, packt dich die Wut, und um deiner Aufforderung Nachdruck zu verleihen, zückst du dein Messer. Schließlich kommt es zu einem Handgemenge, bei dem du – aus reiner Notwehr – zustichst. Es war durchaus nicht deine Absicht gewesen den Mann zu töten – es war eher ein Unfall. Dann steckst du seine Brieftasche ein und, da ein Toter sowieso keine Verwendung mehr für Schuhe hat - rechtfertigst du dich - nimmst du sie ebenfalls mit und machst dich aus dem Staub."

Altmann überlegte einen Moment, bevor er antwortete:

„Das klingt logisch. Aber lass uns doch den Faden weiterspinnen: Du hast soeben einen Mann getötet und du hast bestenfalls fünf bis sechs Stunden Zeit um dich abzusetzen, ehe es in der Stadt nur so von Polizisten wimmelt. Würde da nicht jeder vernünftig denkende Mensch so schnell wie möglich das Weite suchen, um nicht ins Visier der Ermittlungen zu geraten?"

„Vielleicht war er ja anfangs untergetaucht ", führte Pichler Altmanns Gedanken fort, „doch früher oder später muss halt Jeder mal aus seinem Versteck hervorkriechen."

„Aber angenommen, er hat den Mann wirklich getötet und anschließend seine Brieftasche entwendet, dann hätte er es doch nicht nötig gehabt mich später um Geld anzubetteln?"

„Ja, da könntest du recht haben", pflichtete ihm Pichler bei, „da stimmt was nicht im Staate Dänemark."

„faul", fügte Altmann an.

Pichler hob irritiert seine Augenbrauen.

„Es heißt: „Es ist was faul im Staate Dänemark", Hamlet, Shakespeare ", dozierte Altmann.

„Muss man denn so was wissen als Kriminalbeamter?", fragte Pichler verdutzt.

„Man muss nicht, aber man sollte. Wo hast du denn eigentlich dein Abitur gemacht?", stichelte Altmann.

„Am Leopoldinum – Gymnasium ... mit Notendurchschnitt 2,1, wenn du`s genau wissen willst", konterte Pichler mit gespielter Empörung.

„Hört, hört", zollte Altmann seinen Respekt und zog einen imaginären Hut vor ihm.

"Okay, wenden wir uns wieder dem Ernst des Lebens zu", fuhr Altmann in geschäftsmäßigem Ton fort, „ich schlage vor, dass wir uns in einer Stunde im Konferenzraum treffen. Und sag bitte auch den anderen Bescheid."

„Geht klar, Mister William Shakespeare", flachste Pichler und konnte damit Altmann ein Lächeln entlocken. Dann raffte Pichler seine Papiere zusammen, erhob sich und verließ den Raum.

Wenig später machte sich Altmann mit einem Bündel Akten unter dem Arm auf den Weg zu seinem Büro.

Auf dem Flur traf er auf Steininger.

„Stone, in einer Stunde halten wir eine Besprechung im Konferenzraum ab", instruierte er.

„Hab`s schon g`hört, der Franz hod ma schon Bescheid g`sogt. Wia is denn eigentlich des Verhör mit unserm rumänischen Freund verlauf`n?"

„Er behauptet, dass der Mann bereits tot war als er ihn aufgefunden hatte."

„Ja, sog`n kann der vui, der Haderlump".

„Aber irgendwie sagt mir mein inneres Gefühl, dass er die Wahrheit sagt. Wir müssen jetzt mal abwarten, ob uns die Laborberichte weiterbringen."

„Ja, schau`n ma mal, dad da Beckenbauer sog`n. Du Benno, i muaß no kurz - auf an Sprung - in die Kantine. Es gibt heid a ganz a frische Schwarzwälder Kirschtort`n im Angebot. Man muaß ja schließlich schaun, dass ma ned vom Fleisch foid ", sagte Steininger mit einem schelmischen Grinsen und schlug mit der flachen Hand auf seine Wampe, die sich bedrohlich über den Hosenbund wölbte.

„See you later, alligator", verabschiedete sich Steininger und ging - mit Bill Haleys Lied auf den Lippen - in die Kantine.

Gegen vier Uhr trat Altmann in den Konferenzraum ein. Außer Swoboda und Grabowski war noch niemand anwesend. In der Mitte des Tisches stand auf einem Tablett eine Thermoskanne mit frisch gebrühtem Kaffee, mit einigen Tassen herum und eine Schale Weihnachtsgebäck. Nach und nach trudelte auch der Rest des Ermittlungsteams ein: Wagner, Pichler, Steininger und als letzter schließlich Engelbrecht.

Während Swoboda die Berichte der Rechtsmedizin und der Spurensicherung verteilte, begrüßte Altmann die anwesenden Kollegen und versuchte die heutigen Ereignisse kurz zu umreißen.

„Trotzdem", schloss Altmann nach zehn Minuten seinen Bericht, „glaube ich nicht, dass Dragos Ghorgescu unser Mann ist."

„Wir sprechen hier immer von einem Mann als Täter", gab Grabowski zu bedenken, „doch ebenso gut könnte es auch eine Frau sein oder es könnten auch mehrere Täter sein."

„Natürlich Katrin, da hast du völlig recht, wir müssen auch diese Möglichkeiten in Betracht ziehen", sagte Altmann. „Doch der Einfachheit halber schlage ich vor, bleiben wir bei „dem Täter" ohne jedoch die anderen Varianten auszuschließen."

„Nun", setzte Swoboda an und griff nach einem Lebkuchen, „da nun jeder die Berichte vor sich liegen hat, möchte ich eine Zusammenfassung vorbringen.

Zunächst der Bericht der Rechtsmedizin:

Das Mordopfer war 27 bis 30 Jahre alt, 1,74 Meter groß, wog 75 Kilogramm, hatte schwarze, kurze Haare und graue Augen. Am rechten Oberarm befand sich eine auffällige Tätowierung in Form eines geflügelten Pferdes."

„Einen Pegasus", unterbrach Wagner.

Swoboda sah Wagner fragend an.

„Ein geflügeltes Pferd nennt man in der griechischen Mythologie einen Pegasus", erklärte Wagner.

„Ach so ... ja ... ", stammelte Swoboda leicht aus dem Konzept geraten, ehe er von neuem ansetzte: „Also, er trug auf dem rechten Oberarm eine Tätowierung, die ein geflügeltes Pferd - oder man kann auch sagen einen Pegasus - darstellte. Darunter waren die Initialen *S. G.* angebracht. Ein Foto der Tätowierung könnt ihr übrigens auch auf Seite drei einsehen", sagte Swoboda und hielt den Bericht mit dem abgebildeten Tattoo in die Höhe.

Wenig später fuhr er fort: „Der Todeszeitpunkt wird um circa 23.00 Uhr angegeben. Der Tod wurde mittels einer schätzungsweise 10 Zentimeter langen Messerklinge, die in den Bauch gerammt wurde und dabei die Hauptschlagader durchtrennt hatte, durch starken Blutverlust herbeigeführt. Im Blut wurden 1,2 Promille

Alkohol festgestellt, jedoch keine sonstigen Spuren von Drogen oder Medikamenten. Die Untersuchung des Mageninhalts ergab, dass die letzte Mahlzeit aus Pasta bestand. Gibt es dazu noch Fragen?", Swoboda sah reihum in die Gesichter der Kollegen.

„Und die Mordwaffe, das Messer ist nach wie vor unauffindbar?", erkundigte sich Engelbrecht.

„Wir haben in Umkreis von einem Kilometer mit einer Dutzendschaft die Gegend systematisch durchkämmt und jeden Stein zweimal umgedreht. Zusätzlich hatten wir eine Hundestaffel eingesetzt, doch auch deren Fährten verliefen im Nichts."

„Hat man denn die Donau schon abgesucht?", fragte Engelbrecht.

„Nein, aber die Chancen dort fündig zu werden, stehen doch eins zu einer Million", gab Swoboda zu Bedenken.

„Trotzdem, ich möchte, dass das gemacht wird", ließ Engelbrecht nicht locker. „Ich werde mit den Kollegen von der WaPo (Wasserschutzpolizei) reden. Zumindest brauchen wir uns dann später nicht den Vorwurf machen, etwas unversucht gelassen zu haben."

Nachdem sich niemand mehr zu Wort meldete, goss sich Swoboda Kaffee aus der Thermoskanne, nahm einen großen Schluck aus der dampfenden Tasse, und fuhr fort.

„Schön ..., lasst uns mit dem Bericht der Spurensicherung weitermachen." Swoboda schlug einen Aktenordner auf. „Die wichtigsten Erkenntnisse sind:

Erstens: die DNA - Spuren auf der am Tatort aufgefundenen Zigarette der Marke *Carpati,* stimmen mit der DNA von Dragos Ghorgescu überein."

„Na gut, aber was besagt das schon", unterbrach Pichler. „Er hat ja schließlich nie bestritten, am Tatort gewesen zu sein."

„Ich wäre später schon nochmal darauf zurückkommen", entgegnete Swoboda unwirsch. „Aber lass mich bitte zuerst meine Ausführungen zu Ende bringen. Anschließend können wir ja dann diskutieren.

Zweitens: auf Ghorgescus Kleidung wurde das Blut des Mordopfers nachgewiesen. Allerdings...", Swoboda legte eine theatralische Pause ein, „fand man darauf keine Blutsspritzer, wie sie bei einer derartigen Messerattacke auftreten hätten müssen. Des Weiteren wurde der Stoß höchstwahrscheinlich von einem Rechtshänder ausgeführt; Ghorgescu ist jedoch Linkshänder."

Engelbrecht zog eine Grimasse. „Na prima, das würde dann ja wohl bedeuten, dass wir auf das falsche Pferd gesetzt haben", sagte er und konnte dabei seine Enttäuschung nicht verbergen. „Wir stehen also wieder ganz am Anfang unserer Ermittlungen."

„Das sehe ich nicht so", hielt Altmann dagegen. „Zumindest wissen wir jetzt - mit ziemlicher Sicherheit -, dass Ghorgescu nicht der Täter ist und somit können wir unsere Untersuchungen in eine andere Richtung lenken. Es ist doch besser, möglichst frühzeitig von einem falschen Weg abzuweichen, als später feststellen zu müssen, dass man der ganzen Zeit der falschen Spur gefolgt war."

Die anderen Kollegen nickten zustimmend.

„Es gibt da noch ein paar interessante Details, die Aufschluss über die Identität des Mordopfers bringen könnten", setzte Swoboda seine Berichterstattung fort und zog sofort alle Blicke auf sich.

„Bei der Untersuchung der Kleidung, die – wie ich schon an anderer Stelle bemerkte – hochwertig und teuer war, fanden wir in der Innenseite des Sakkos ein Etikett mit der

Aufschrift: *M. A.V.G.* Unsere Recherchen ergaben schließlich, dass sich hinter dieser Abkürzung ein exklusiver Herrenschneider aus Italien verbirgt: *M. A.V.G.* steht für *Moda Antonio Venturo Genua.*"

„Ausgezeichnet Erwin, gute Arbeit", wurde Swoboda von Engelbrecht gelobt, dessen Laune sich schlagartig gebessert hatte. „Jetzt müssen wir nur noch Kontakt mit den italienischen Kollegen aufnehmen. Wenn sich unser Mordopfer bei diesem Antonio Venturo einen Anzug maßschneidern lassen hatte, dann müsste er dort doch auch bekannt sein."

„Volker, das beste wird sein, wenn du selber mit den Kollegen aus Genua sprichst", schlug Altmann vor, der wusste, dass Engelbrecht sich bei diversen Toscana-Reisen und Volkshochschulkursen ein durchaus passables Italienisch angeeignet hatte.

„Con grande piacere, mit großem Vergnügen!", willigte Engelbrecht jovial ein.

„Prima", sagte Altmann und sortierte seine Papiere zu einem feinsäuberlichen Stapel, „wenn es keine weiteren Fragen mehr gibt, möchte ich die Sitzung für heute beenden und allen einen schönen Sonntag wünschen. Ich schlage vor, dass wir uns Montagnachmittag erneut zusammensetzen."

Altmann blickte in die müden Gesichter seiner Kollegen - Keiner hatte etwas einzuwenden. Da jeder heilfroh war nachhause zu kommen, um sich auszuruhen, löste sich die Runde schnell auf.

Altmann selbst verbrachte noch einige Zeit in seinem Büro, ehe er sich auf dem Heimweg machte. Es war halb acht als er seine Wohnung in der Kapuzinerstraße aufschloss. Er hängte seine Jacke an den Hacken und schaute die Post durch. Dann ging er ins Wohnzimmer und ließ sich schwerfällig in den Ledersessel fallen. Als er Hunger bekam, stellte er ein Fertiggericht in die Mikrowelle. Wieder hast du es nicht fertig gebracht dir eine anständige Mahlzeit zu kochen, dachte er, während er zusah, wie sich sein Abendessen in der Mikrowelle drehte. Nächstes Jahr - wenn der Fall abgeschlossen sein wird - nahm er sich fest vor, würde er mehr auf eine gesunde Ernährung achten.

Sonntag, der 29.Dezember

Den Sonntag verbrachte Altmann weitgehend mit Nichtstun. „Dolcefarniente"- „süßes Nichtstun", wie sich der Italiener ausdrücken würde. Er schlief lange und konnte sich lediglich dazu aufraffen sich ein paar Eier mit Speck in der Pfanne zu braten. Nach dem späten Frühstück ging er ins Wohnzimmer, sah seine Platten-Sammlung durch und entschied sich schließlich für Tracy Chapman. Vorsichtig nahm er die LP aus der Hülle und legte die LP auf den Plattenteller:

Don't you know you're talking about a revolution
It sounds like a whisper
Don't you know they're talking about a revolution
It sounds like a whisper ...

Später am Nachmittag ging er ins *KaffeeWerk* – einem gemütlichen Café, das nur einen Steinwurf von seiner Wohnung entfernt war. Altmann mochte das Café, dessen Inneneinrichtung aus einem Mix aus alten und neuen Möbeln bestand. Alles war in warmen, behaglichen Brauntönen gehalten, nur die roten Kissen auf den Ledersofas und die Kunstdrucke an den Wänden setzten farbliche Akzente. Derweilen er an einem kleinen Tisch am Fenster saß, brasilianischen Kaffee trank und ein Käse-Baguette aß, blätterte er alte STERN-Ausgaben durch. Gelegentlich sah er aus dem Fenster auf das nass glänzende Kopfsteinpflaster des Kirchplatzes. Sein Blick wanderte weiter über den unförmigen Granitbrunnen hinweg, hinüber zur Sankt Gertraud-Kirche, vor der ein – mit unzähligen kleinen Kerzen beleuchteter - Christbaum aufgestellt war. Ganz allmählich verstrichen die Nachmittagsstunden.

Es war schon dunkel, als er das Café verließ. Da er keine Lust hatte sofort in seine Wohnung zurückzukehren, machte er noch einen kleinen Spaziergang. Zunächst schlenderte er die Mariahilf-Straße entlang. Als er von einer eisigen Windbö erfasst wurde, beschleunigte er seine Schritte und folgte dem steil ansteigenden Weg hinauf zum Mariahilfberg. Oben angekommen legte er eine kurze Verschnaufpause ein. Du warst auch schon mal besser in

Form, dachte er sich, während er keuchend auf die nächtliche Stadt hinunterblickte. Er sah den in grelles Licht getauchten Stephansdom, den venezianischen Rathausturm und die hoch über dem Donautal thronende Veste Oberhaus. Die unter ihm liegende Altstadt, die sich auf einer schmalen Landzunge zwischen Donau und Inn hineinschob, glich einem Ozeandampfer, der - bereit zum Auslaufen - in Festtagsbeleuchtung erstrahlte. Altmann war von dem Ausblick, obwohl er hier oben schon mehr als ein Dutzend Mal gestanden hatte, immer wieder aufs Neue fasziniert. Er verweilte noch einige Minuten dort, ehe er fröstelnd die Stufen der Wallfahrtsstiege hinunterlief. Unten angekommen, ging er - vorbei an den Lagerkellern der Innstadtbrauerei - auf dem direkten Weg nach Hause. In seiner Wohnung angekommen, nahm er sogleich eine heiße Dusche und legte sich anschließend ins Bett. Er schlief augenblicklich ein.

Montag, der 30.Dezember

Altmann war bereits um sieben Uhr im Präsidium. Auf dem Flur traf er auf Pichler, der gerade seinen Nachtdienst beendet hatte.

„Morgen, Benno".

„Morgen, Franz".

„Du machst dir keine Vorstellung, was heute Nacht hier los war", sagte Pichler und sah Altmann aus kleinen, übermüdeten Augen an.

„Ein tschechischer Sattelzug war kurz vor Mitternacht hinter der Autobahnraststätte Donautal wegen Glatteis ins Schleudern geraten", fuhr Pichler fort, „hat die Mittelleitplanke durchbrochen, ist umgekippt und quer zur Fahrbahn liegen geblieben. Zum Glück kam niemand zu Schaden – nur der Fahrer wurde leicht verletzt. Aber wir mussten sechs Stunden lang beide Fahrbahnen komplett sperren. Das totale Chaos, wie du dir denken kannst."

„Ich kann`s mir bildhaft vorstellen", bestätigte Altmann kopfnickend. „ Aber das eigentliche Problem ist doch, dass die A3 schon seit Längerem total überlastet ist – die LKWs von halb Osteuropa donnern doch darüber."

„Und das mit Seelenverkäufern, die bei uns längst in der Schrottpresse gelandet wären", empörte sich Pichler. „Neulich hatten die Kollegen einen bulgarischen LKW aus dem Verkehr gezogen, bei dem die Bremsen nicht funktionierten. Da grenzt es fast an ein Wunder, dass nicht noch mehr Unfälle auf unseren Straßen passieren."

„Wobei man den LKW-Fahrern noch die wenigsten Vorwürfe machen kann. Das sind doch meist auch nur arme Teufel, die Tag und Nacht ihre Kilometer runterfahren, um sich und ihre Familien über die Runden zu bringen. Die eigentlichen Verbrecher sind doch die Spediteure, die ihre Leute mit solch „tickenden Zeitbomben" auf Tour schicken", sagte Altmann und machte eine verächtliche Handbewegung.

„Tja, was soll ich sagen", Pichler zuckte mit den Schultern, „die Welt ist schlecht." Pichler wollte schon gehen, verharrte jedoch noch einen Moment und fügte hinzu: „Benno, wir sind doch nur kleine, unbedeutende Rädchen in einem großen, mächtigen Getriebe und kämpfen Tag für

Tag dagegen an, dass uns der ganze Laden hier nicht um die Luft fliegt". Mit diesen philosophischen Ausführungen beendete Pichler das Gespräch, schritt über den olivgrünen Linoleumboden den Korridor hinunter und schloss hinter sich die Tür zu seinem Büro.

Bevor sich Altmann ebenfalls in seinem Büro zurückzog, ging er noch zum Kaffeeautomaten. Dort traf er auf die Polizeipsychologin Julia van Martens.

„Einen wunderschönen, guten Morgen", begrüßte Altmann van Martens und warf eine Münze in den Automaten.

„ Einen ebenso wunderschönen, guten Morgen wünsche ich", erwiderte sie seinen Gruß mit einem strahlenden Lächeln.

„Um diese Zeit schon am Schaffen, werte Kollegin?"

„Werter Kollege, sie kennen doch das Sprichwort: *Der frühe Vogel fängt den Wurm.*"

„Das ist auch *einer* meiner Grundsätze", gestand Altmann und entnahm vorsichtig den gefüllten Becher aus dem Automaten.

„Ich beabsichtige nur noch ein paar liegen gebliebene Akten aufzuarbeiten, ehe sich das alte Jahr zu Ende neigt", sagte sie, und es klang beinahe so, als wollte sie sich rechtfertigen.

„Nun, bei dieser Gelegenheit möchte ich ihnen, liebe Frau van Martens", Altmann stellte seinen Kaffeebecher ab, schüttelte ihre rechte Hand und sah dabei tief in ihre graugrünen Augen, „einen guten Rutsch, Glück und Gesundheit fürs neue Jahr wünschen."

„Das wünsche ich ihnen auch Herr Altmann – von ganzem Herzen", entgegnete sie, und Altmann stellte mit Genugtuung fest, dass ihr hübsches Gesicht dabei leicht errötete.

„Aber denken sie an unsere Abmachung", mahnte sie und von einem Moment auf den anderen verwandelte sie sich wieder in die leicht unterkühlte Polizeipsychologin.

„Das steht ganz oben auf meiner „To-do-Liste" fürs neue Jahr", versicherte Altmann.

„Hm, da bin ich aber mal gespannt", sagte sie und sah ihn skeptisch über den Rand ihrer Brille hinweg an.

Einen Augenblick lang standen sie sich schweigend gegenüber, ehe van Martens die Stille unterbrach: „Sind sie denn in der Mordfall- Sache schon vorangekommen?"

„Wir haben schon einen Verdächtigen – einen jungen Rumänen - festgenommen, der aber nach neuesten Erkenntnissen als Täter nicht in Frage kommt. Aber es gibt eine neue, vielversprechende Spur, die nach Italien führt. Kann sein, dass wir am Nachmittag schon mehr wissen. Engelbrecht wollte sich mit den italienischen Kollegen in Verbindung setzen".

„Dann drücke ich ihnen ganz fest die Daumen, dass sie den Mörder bald dingfest machen können", sagte sie, warf ihm zum Abschied noch ein wohlwollendes Lächeln zu und stöckelte mit einem lauten „Klack, Klack" ihrer Absätze den Flur hinunter bis sie in ihrem Büro verschwand.

Altmann hatte sich kaum hinter seinem Schreibtisch niedergelassen, als auch schon das Telefon klingelte.

„Altmann", meldete er sich.

„Guten Morgen Herr Kommissar, Polizeimeisteranwärter Maier am Apparat. Hier bei mir auf der Wache ist eine junge Dame, die möchte mit einem Beamten sprechen, der mit dem Mordfall zu tun hat."

„Ausgezeichnet Maier, ausgezeichnet, bring doch die Dame gleich in mein Büro."

Wenig später trat eine junge, hübsche Frau in Altmanns Büro ein. Sie war großgewachsen, hatte langes blondes Haar und trug einen modisch-grauen Steppmantel, braune Winterstiefel mit hohen Absätzen und eine ebenso braune, lederne Umhängetasche.

„Guten Morgen", begrüßte Altmann die junge Frau und bot ihr einen Platz auf dem Besucherstuhl ihm gegenüber an.

„Guten Morgen, Herr Kommissar. Alina Petrowa ist mein Name."

„Nun Frau Petrowa, was führt sie zu mir?"

Alina Petrowa legte daraufhin eine Zeitung, die sie die ganze Zeit mit ihrer linken Hand umklammert hatte, auf den Schreibtisch und breitete sie vor sich aus; es war die Freitagsausgabe der *Passauer Neuen Presse.*

„Ich bin wegen dieser Mordsache hier. Diesem Mann bin ich schon mal begegnet", sagte sie mit leichtem osteuropäischen Akzent und deutete mit dem

Finger auf das - in der Zeitung abgebildete - Foto des Mordopfers.

„Wo und wann sind sie ihm schon begegnet?" fragte Altmann, dessen Interesse schlagartig geweckt wurde.

„Ich arbeite als Barfrau im *Cubana-Club* in der Roßtränke. Also, am Mittwoch vergangener Woche kam dieser Mann - in Begleitung eines anderen Mannes - so gegen zehn Uhr in den Club."

Altmann forderte sie mit einem Nicken auf weiter zu erzählen.

„Sie setzten sich an einen Tisch im hinteren Bereich und bestellten eine Flasche Champagner."

„Kommt das dort öfter vor, dass sich jemand Champagner bringen lässt?"

„Dann und wann schon - aber nicht häufig. Ist ja auch ein nicht gerade billiges Vergnügen – die Flasche kostet schließlich schlappe 230 Euro."

„O la la", gab sich Altmann erstaunt und schnalzte mit der Zunge. „Und welche Leute, denken sie, sind das in der Regel, die sich ein solch teures Vergnügen leisten können?", wollte er wissen.

„Meist sind das so Business-Typen in schicken Anzügen, die auf einen erfolgreichen Geschäftsabschluss oder eine

Gewinnausschüttung anstoßen wollen. Am Schluss bestehen die dann immer alle auf eine Rechnung - können's vermutlich später von der Steuer absetzen", sagte Alina Petrowa und schälte sich aus ihrem Mantel, sodass eine weit aufgeknöpfte, rosafarbene Bluse zum Vorschein kam, unter der ein schwarzer Spitzen-BH durchschimmerte. Spätestens jetzt konnte Altmann die Tatsache nicht mehr verleugnen, dass eine äußerst attraktive Frau vor ihm saß.

„Herr Kommissar, ist es hier drin erlaubt zu rauchen?", fragte sie mit sanfter Stimme, während sie ihre langen Beine übereinanderschlug. Dabei war ihr kurzer, schwarzer Rock etwas hochgerutscht und gab die Sicht auf ihre Schenkel frei.

„Normalerweise nicht ...", stammelte Altmann, „ ...aber bei ihnen kann ich mal eine Ausnahme machen. Moment, ... irgendwo war doch noch ...", Altmann wühlte in der untersten Schublade seines Schreibtisches und brachte schließlich einen Aschenbecher mit dem Aufdruck *DEUTSCHE POLIZEIGEWERKSCHAFT* zu Tage und stellte ihn vor ihr auf der Tischplatte ab.

Alina Petrowa bedankte sich stumm mit einem Nicken, entnahm aus ihrer Manteltasche ein Päckchen *EVE 120*, fingerte eine schmale, lange Zigarette hervor, zündete sie mit einem silbernen Feuerzeug an und nahm einen tiefen Lungenzug.

„Nun, Frau Petrowa", setzte Altmann seine Befragung fort, „die zwei Männer, die am Mittwoch in die Bar kamen, waren das auch solche, wie sagten sie noch: *Business-Typen*?"

„Schon möglich", antwortete sie. „Beide waren elegant gekleidet. Die kauften nicht beim C&A ein, das sah man sofort. Allerdings ...", Alina Petrowa versuchte sich zu erinnern, „eins war komisch - sie hatten keine Rechnung verlangt."

„Wie haben sie denn bezahlt – bar oder mit Karte?"

„Cash", antwortete sie knapp. „Das lief ab, wie in einem zweitklassigen Gangsterfilm: der eine von den beiden, der, der später umgebracht wurde, zog ein ganzes Bündel Fünfzig-Euro-Scheine - nur mit einem einfachen Gummiband zusammengehalten – aus seiner Sakko-Tasche und blätterte 300 Euro auf den Tisch. Und ich dachte mir noch dabei: was ist das den für ein aufgeblasener Gockel. Immerhin ...", sagte sie und blies eine bläuliche Rauchwolke in die Luft, „ beim Trinkgeld hat er sich nicht lumpen lassen."

„Frau Petrowa", fuhr Altmann fort, „können sie sich noch erinnern, was genau die Männer zu ihnen gesagt haben?"

„So gut wie nichts ", sagte sie, nahm einen letzten, tiefen Zug und drückte anschließend die Zigarette im Aschenbecher aus.

„Sie müssen wissen, Herr Kommissar, ins *Cubana* kommen die Leute zum Tanzen und um laute Musik zu hören. Wenn man sich da verständigen will, muss man dem anderen schon ins Ohr brüllen."

„Na schön", sagte Altmann, beugte sich leicht vor und sah ihr direkt in die Augen, „also was hat man ihnen ins Ohr gebrüllt?"

„Der eine da", setzte Alina Petrowa ihre Aussage fort und ihr Blick fiel auf das Foto in der *Passauer Neuen Presse,* „winkte mich herbei und orderte Champagner. Und auf meine Frage, ob er denn eine ganze Flasche möchte, nickte er nur. Also, wenn sie mich fragen, Herr Kommissar, die waren nicht von hier. Das waren Italiener, Spanier vielleicht auch Griechen. Mit der Zeit bekommt man ein Gespür, wo die Leute herkommen."

„Gibt es denn in der Bar eine Videoüberwachung, die am Mittwochabend Aufzeichnungen gemacht hat?", fragte Altmann.

„Soviel ich weiß nicht. Aber da fragen sie mal besser meinen Chef, Erich Breuer. Ich kann ihnen seine Telefonnummer geben – einen Moment bitte, ich hab sie auf meinem Handy abgespeichert ...", sagte sie und bückte sich leicht zur Seite, um die am Boden abgestellte Tasche aufzuheben, wobei Altmann ein großzügiger Blick in ihren Ausschnitt gewährt wurde.

Nachdem Altmann die Nummer von ihrem iPhone in sein Notizbuch übernommen hatte, machte er weiter: „So weit so gut. Aber konzentrieren wir uns jetzt auf den zweiten Mann, den Begleiter – wie hat er ausgesehen?"

„Etwas größer und kräftiger wie der Andere", begann sie zögernd und zündete sich erneut eine Zigarette an. „Und wenn ich's mir genau überlege", fuhr sie fort und lies blaue Rauchkringel zur Zimmerdecke aufsteigen, „hätten es sogar Brüder sein können."

„Denken sie denn, sie könnten mit Hilfe eines Kollegen ein Phantombild anfertigen?", fragte Altmann. „Wir haben da jetzt ein nagelneues, phantastisches Computerprogramm, das die ganze Sache zu einem Kinderspiel macht", fügte er an.

„Hmm, klar ..., ich kann's versuchen. Aber versprechen sie sich nicht zu viel davon. Wie sie sich denken können, Herr Kommissar, herrschen in so einer schummrigen Bar nicht gerade die optimalen Lichtverhältnisse, um sich Gesichter von Leuten einprägen zu können. Hinzukommt, dass am diesen Abend ganz schön viel los war", gab Alina Petrowa zu bedenken und zog kräftig an ihrer Zigarette, sodass die Glut hellrot aufflammte.

Altmann nahm den Telefonhörer in die Hand, wählte Wagners Nummer und bestellte ihn in sein Büro.

„Frau Petrowa", wandte sich Altmann ihr wieder zu, „gibt es sonst noch was, was ihnen an den Beiden aufgefallen war; hatten sie vielleicht Streit an jenem Abend?"

Alina Petrowa runzelte die Stirn, ehe sie antwortete: „Nein, nein ... die waren ausgelassen und fröhlich – in Partystimmung sozusagen. Einer hat sogar versucht mich anzubaggern, doch ich bin nicht so eine, die jedem gleich um den Hals fällt."

In diesem Augenblick klopfte es und Wagner steckte seinen Stoppelkopf zur Tür herein. Nachdem Altmann ihn angewiesen hatte mit Alina Petrowa ein Phantombild zu erstellen, stand er auf und reichte ihr zum Abschied die Hand.

„Frau Petrowa, ich danke ihnen sehr für ihre äußerst wertvollen Informationen – sie haben uns einen Riesenschritt vorangebracht. Und sollte ihnen später noch was einfallen, zögern sie bitte nicht mich anzurufen." Altmann drückte ihr seine Visitenkarte in die Hand.

„Kriminaloberkommissar Benno Altmann", las sie von dem Kärtchen ab. „Ich bin beeindruckt", sagte sie und warf ihm einen lüsternen Blick zu. „Herr Kriminaloberkommissar, kommen sie mich doch mal im *Cubana* besuchen. Ich hab immer mittwochs, freitags und sonntags Dienst."

„Sowie ich Zeit habe, schaue ich vorbei", versprach Altmann und breitete in einer hilflosen Geste die Arme über seinem mit Akten überladenen Schreibtisch aus.

„Ich werde auf sie warten", sagte sie augenzwinkernd, hing ihren Mantel über den Arm und folgte Wagner in sein Büro.

Es waren keine fünf Minuten verstrichen, als das Telefon erneut schrillte.

„Grüß Gott, Herr Altmann, Polizeimeister Werner Obermüller am Apparat. Ich bin hier im Büro der *Stadtgaleria* und neben mir sitzt ein älterer Herr, der sich weder ausweisen noch sonstige Angaben zu seiner Person machen kann. Er sagt, er habe das nicht nötig, weil sein Sohn bei der Kriminalpolizei arbeitet. Jetzt dachte ich, ob es nicht vielleicht ihr Vater ...?"

„Ich möchte mit ihm sprechen", fiel ihm Altmann ins Wort.

„Hallo ..., Hallo Paps, bist du das? Hier ist Benno!", rief er in den Hörer.

„ Na endlich, das hat aber lange gedauert. Komm und hol mich hier ab – ich hab schon genug Zeit in diesem blöden Büro verplempert", meldete sich Altmanns Vater mit empörter Stimme.

„Was ist denn passiert?"

„Was weiß ich. Ich bin hier im Kaufhaus nur ein bisschen herumspaziert und plötzlich kam ein Mann auf mich zu und sagte, ich müsse mit ihm in sein Büro kommen. Und später sind dann auch noch zwei Polizisten dazu gekommen. Wie kann man auch nur so einen Aufstand machen, wegen einer solchen Lappalie?".

„Paps, hörst du, ich bin sofort bei dir. Aber bitte gib mir noch einmal den Kollegen, mit dem ich zuvor gesprochen habe."

„Obermüller."

„Obermüller, was ist da um Himmels willen los?" fragte Altmann mit besorgter Stimme.

„Es geht um Ladendiebstahl. Eine Angestellte hatte gesehen, wie ihr Vater in einem Drogerie-Markt etwas eingesteckt hatte und anschließend den Laden - ohne zu bezahlen - verließ."

„Obermüller, unternehmen sie einstweilen nichts. Ich bin sobald wie möglich vor Ort!". Altmann knallte den Hörer auf die Gabel, griff nach seiner Jacke und stürzte aus seinem Büro.

Keine zehn Minuten später betrat Altmann das Büro in der *Stadtgaleria.* Obermüller und ein anderer junger Kollege - den Altmann nur vom Sehen her kannte – standen links neben der Tür; Altmann nickte ihnen zu. Hinter einem modernen Schreibtisch, der fast die ganze Breite des Raumes einnahm, saß ein elegant gekleideter Mann mit

135

einem kunstvoll nach oben gezwirbeltem Kaiser-Wilhelm-Bärtchen und musterte ihn über seinen Monitor hinweg. Ihm gegenüber, mit den Rücken zur Tür, kauerte sein Vater auf dem Besucherstuhl. Mit seinen grauen Haaren, die wirr in alle Richtungen abstanden und dem abgetragenen, dunkelblauen Eisenbahner-Mantel, in dem er eingehüllt war, sah er alt und verstört aus.

Altmann näherte sich seinen Vater, legte die Hand auf seine rechte Schulter und begrüßte ihn: „Na Paps, wie geht's?"

Sein Vater blickte ihn nur irritiert aus den Augenwinkeln an und grummelte etwas Unverständliches.

Dann wandte sich Altmann dem Mann hinterm Schreibtisch zu. „Grüß Gott, Benno Altmann von der Kripo Passau. Das hier ist mein Vater, Nepomuk Altmann".

„Grüß Gott Herr Altmann, Peter Stöckli ist mein Name", stellte sich der Mann vor, dessen gelassene und bedächtige Sprechweise seine Schweizer Herkunft verrieten. „Ich bin für die Sicherheit hier in der *Stadtgaleria* zuständig", fügte der Mann an und wies Altmann mit einer einladenden Handbewegung an Platz zu nehmen.

Altmann setzte sich auf den freien Stuhl neben seinem Vater und versuchte sich ein Bild zu machen: „Wenn ich es richtig verstanden habe, wird mein Vater des Diebstahls beschuldigt?"

„Das entspricht leider den Tatsachen. Eine Angestellte im *Dm-Drogeriemarkt*, eine gewisse Frau ...", Stöckli warf einen kurzen Blick in sein Notizbuch, „Jana Kubelkova, hatte um 09Uhr15 beobachtet, wie ihr Vater diesen Einwegrasierer", Stöckli nahm das *Corpus Delicti* aus einer Schublade und legte es vor sich auf den Schreibtisch, „in seiner Manteltasche verschwinden ließ und kurz darauf versuchte sich davon zu machen."

Altmann drehte sich zu seinem Vater hin und fragte ihn: „Paps, hast du gehört, was man dir zur Last legt?"

Nepomuk Altmann sah ihn mit dem beschämten Blick eines Jungen an, der etwas ausgefressen hatte, ehe er antwortete: „Das alles ist doch nur ein saudummes Missverständnis. Hab halt vergessen zu bezahlen - kann doch mal vorkommen. Darf denn ein achtundsiebzigjähriger Mann nicht mal was vergessen?", wobei er aufgebracht mit seinen Armen in der Luft herumfuchtelte.

Benno Altmann und Stöckli wechselten sekundenlang stumme Blicke. Dann unterbrach Stöckli das Schweigen: „Nun, Herr Kommissar sie müssen wissen, dass bei uns normalerweise jeder Diebstahl zur Anzeige gebracht wird. Doch angesichts der Tatsache, dass es sich hierbei um ein Niedrigpreisproduckt im Wert von 89 Cent handelt", Stöckli hob den Plastikrasierer in die Höhe und betrachtete ihn von allen Seiten, „werde ich diesmal Gnade vor Recht ergehen lassen und auf eine Anzeige verzichten. Allerdings sehe ich mich gezwungen für ihren Vater ein Hausverbot auszusprechen. Sind sie damit einverstanden?"

„Selbstverständlich. Ich danke ihnen für ihr Entgegenkommen, Herr Stöckli", erwiderte Altmann, erhob sich, verabschiedete sich von Stöckli und seinen Kollegen per Handschlag und verließ - mit seinem Vater im Schlepptau - das Büro. Derweil sein Vater - unbeschwert und mit offenbar keinerlei Schuldgefühlen behaftet – pfeifend den Gang zum Parkhaus entlang schlurfte, war Altmann heilfroh, dass die peinliche Situation endlich vorbei war. Mein Vater entwickelt sich langsam, aber unaufhaltsam in einen kindisch-senilen Greis, dachte sich Altmann besorgt.

Während der ganzen Fahrt zurück ins *Seniorenheim Mariahilf* wechselten sie kein einziges Wort. Erst als

Altmann seinen Vater im Foyer des Heims abgesetzt hatte, vereinbarten sie für diesen Abend eine Partie Schach zu spielen.

Auf dem Weg zurück ins Präsidium stoppte Altmann kurz bei der Döner-Bude am ZOB in der Neuen Mitte. Hinter der Auslage, die randvoll mit türkischen Spezialitäten gefüllt war, stand wie immer Yilmaz, dessen schwarze Haare unter einem roten Baseball Cap mit *Galatasaray Istanbul* – Schriftzug hervor lugten. Wie üblich trug er dazu ein weißes T-Shirt mit grüner Schürze und wie üblich plärrte türkische Volksmusik aus einem kleinen Lautsprecher.

„Was wünscht du, Alter?", begrüßte Yilmaz Altmann breit grinsend.

„Wie immer", gab Altmann zur Antwort. „Wie immer" war das Code-Wort für einen Döner Kebab mit allem, mittelscharf und wenig Knoblauch-Sauce.

„Geht klar, Alter", sagte Yilmaz und machte sich sogleich mit einem riesigen Döner-Messer an dem sich drehenden Fleisch-Spieß zu schaffen.

Nachdem Altmann den Döner verputzt hatte, legte er das Geld auf den Tresen und erkundigte sich: „Na, Yilmaz, wie laufen die Geschäfte?"

„Geht so, Alter. Aber könnte besser sein. Weißt du, Alter, meine Kinder wollten dieses Jahr Weihnachten feiern – mit Weihnachtsbaum, Geschenken und was weiß ich noch alles....

Aber ich habe gesagt: „Was soll dieser Blödsinn, wir sind Muslime! Muslime feiern keine Weihnachten – Aus – Basta!"

Yilmaz lies sein Dönermesser klirrend auf die Anrichte fallen.

„Aber jetzt kommt's, Alter", fuhr Yilmaz fort, „was glaubst du haben meine Kinder geantwortet?"

Altmann zuckte mit den Schultern.

„Hör zu, Alter, sie sagten Folgendes", Yilmaz legte eine kleine theatralische Pause ein und setzte dann mit hoher Stimme erneut an: „Aber ehrwürdiger Vater bedenke doch, dass es gut für unsere Integration ist, wenn wir die deutschen Bräuche annehmen. Nur so können wir verstehen, wie die Deutschen denken und fühlen." Yilmaz machte eine hilflose Geste, bevor er fortfuhr: „Um es kurz zu machen: mein Sohn ist jetzt im Besitz eines 500 GB Personal-Computers mit hochauflösendem Monitor und meine Tochter hat seit Kurzem ein nagelneues

Smartphone mit Bluetooth-Funktion und Internetzugang. Alter, was soll ich sagen, ich hab halt ein viel zu weiches Herz."

„Wem sagst du das, Yilmaz", entgegnete Altmann, ehe er die Dönerbude verließ, „wir sind ganz einfach zu gut für diese Welt."

Altmann fuhr ins Präsidium zurück. Auf seinem Schreibtisch fand er einen Zettel vor, auf dem stand, dass um 15 Uhr eine Versammlung im Konferenzraum stattfindet. Altmann blickte auf seine Armbanduhr: er hatte noch gut eineinhalb Stunden Zeit. Er verbrachte die restliche Zeit, um noch einmal die Ermittlungsakten durchzugehen.

Um 15 Uhr wurde die Tür des Konferenzraumes geschlossen. Außer Steininger, der dienstfrei hatte und Pichler, der mit 39° Fieber zu Hause im Bett lag, saßen alle Ermittlungsbeamten an ihren angestammten Plätzen. Altmann berichtete zunächst über die Zusammenkunft mit Frau Petrowa und, dass sie jetzt aufgrund ihrer Aussage und Personenbeschreibung, einen dringend Tatverdächtigen hätten. Altmann nickte Wagner zu, der neben ihm saß, worauf dieser einen Beamer einschaltete und das - im Computer angefertigte - Phantombild auf eine Leinwand projizierte.

Alle waren sich einig, dass dies der Durchbruch sein konnte. Altmann ordnete an, eine europaweite Fahndung nach diesem Mann einzuleiten und dabei insbesondere die italienischen Kollegen in Genua mit einzubeziehen. Außerdem musste das Bild an die örtliche Presse weitergeleitet werden und zur Ergreifung des Täters sollte eine Belohnung über 10 000 Euro in Aussicht gestellt werden.

Nach zwei Stunden war die Konferenz beendet. Sie vereinbarten, sobald sie über neue Erkenntnisse verfügten, sich erneut zusammenzusetzen. Abschließend bedankte sich Engelbrecht bei den anwesenden Kollegen für die erfolgreiche Zusammenarbeit im zurückliegenden Jahr und wünschte ihnen alles Gutes fürs neue Jahr.

Alle Ermittlungsbeamten verließen zügig den Raum. Nur Altmann und Wagner blieben zurück. Altmann hatte das Fenster geöffnet, um durchzulüften und Wagner verstaute den Beamer in einen Alu-Koffer.

„Mensch, Benno", fing Wagner an und sah über den aufgeklappten Koffer hinweg zu Altmann hinüber, der mit ein paar kräftigen Atemzügen Frischluft in seine Lungen pumpte, „die Petrowa, das ist aber schon ein leckeres Sahnestückchen."

„Findest du?", antwortete Altmann mit teilnahmsloser Stimme.

„Nun tu doch nicht so. Ich hab doch gesehen, wie du mit ihr geschäkert hast."

„Was heißt hier geschäkert? Ich war nur höflich. Sie ist eine wichtige Zeugin und verdient eine dementsprechende Zuvorkommenheit."

„Also so nennt man das heutzutage, wenn man eine Frau förmlich mit den Augen verschlingt." Wagner grinste und warf Altmann einen verschwörerischen Blick zu.

„Sie bedient gewisse Primärreize, das muss ich eingestehen", äußerte sich Altmann in einem Ton, als würde er von einem Blatt Papier einen Polizeibericht ablesen.

„Ich geb's auf, Benno - bei dir ist Hopfen und Malz verloren", sagte Wagner kopfschüttelnd. „Ich kenne keinen, der so gestelzt daherreden kann wie du. Warum kannst du denn nicht einfach zugeben, dass du ganz gerne mal von dem Sahnetörtchen genascht hättest?"

Altmann war schon fast zur Tür hinaus, als er sich noch mal kurz umdrehte und schelmisch lächelnd hinzufügte: „Aber zu viel Süßes ist doch ungesund."

Wieder in seinem Büro zurück, räumte Altmann seinen Schreibtisch auf. Er wollte das neue Jahr mit einem ordentlichen, aufgeräumten Schreibtisch begrüßen. „So wie man das neue Jahr anfängt, so wird das ganze Jahr", das hatte ihm sein Vater schon eingebläut. Danach knipste er seine Schreibtischlampe aus, nahm seine Jacke vom Hacken und ging auf den Flur hinaus. Wenig später erreichte er den Innenhof, wo sein Auto abgestellt war. Es war schon stockdunkel und leichter Schneefall hatte eingesetzt. Er stieg in den BMW, startete den Motor und machte die Scheinwerfer an. Leicht und nahezu schwerelos tanzten Schneeflocken im Lichtkegel. Dann ließ er den BMW langsam über den Parkplatz die Auffahrt hinunterrollen, bog in die Nibelungenstraße ein und fuhr auf dem direkten Weg in die Kapuzinerstraße zu seiner Wohnung.

Kurz nach 19 Uhr traf sich Altmann mit seinem Vater im Gemeinschaftsraum des *Seniorenheims Mariahilf.* Sein

Vater saß an einem Tischchen dicht an dem Aquarium, in dem bunte, exotische Fische umher schwammen. Altmann hatte auf dem Hinweg noch eine Flasche *Asbach Uralt* besorgt und stellte diese nun neben dem Schachbrett auf dem Tischchen ab.

„Hallo Paps, ich hab dir *Asbach Uralt* mitgebracht, den magst du doch so gerne."

„Prima", antwortete sein Vater. Zu Altmanns Erstaunen schien sein Vater aufgeräumt und gut gelaunt zu sein. Er war wie ausgewechselt: sein Haar war ordentlich gekämmt, das Gesicht glatt rasiert und er trug die neue, grüne Strickjacke, die er seinem Vater zu Weinachten geschenkt hatte.

„Benno, besorg doch mal zwei Gläser", forderte ihn sein Vater auf und rieb sich erwartungsfroh die Hände.

Altmann nickte und schaute sich um. Sein Blick wanderte durch den Raum, vorbei an dem bunt geschmückten Christbaum und der braunen Sitzgarnitur und blieb bei einer kleinen Anrichte hängen, auf der Gläser und Tassen abgestellt waren. Nachdem er zwei Gläser geholt hatte, füllte er sie knapp bis unter den Rand mit dem bernsteinfarbenen Weinbrand.

„Möge das neue Jahr Glück und Gesundheit bringen!",
prostete Altmann seinem Vater zu und nahm einen
kräftigen Schluck. Sein Vater nickte nur, hob sein Glas an
und leerte es in einem Zug. Anschließend spielten sie bis
kurz vor 23 Uhr Schach. Dieser Abend verlief
ungewöhnlich harmonisch – es gab keinen nennenswerten
Streit zwischen ihnen. Später, als Altmann sich zu Fuß auf
den Heimweg machte, überlegte er, wann es das zuletzt
gegeben hatte. Es war schon nach Mitternacht, als er in
seiner Wohnung ankam. Er zog sich aus, schlüpfte in
seinem Pyjama und kroch unter die Bettdecke. Es dauerte
noch eine Stunde bis er endlich einschlafen konnte.

Dienstag, der 31.Dezember

Kurz nach sieben schreckte Altmann aus dem Schlaf auf. Er hatte seinen ständig wiederkehrenden „Ertrinken-Albtraum" und sein Mund fühlte sich trocken und pelzig an. Schnell schwang er sich aus dem Bett, ging in die Küche, füllte ein Glas mit Leitungswasser und trank es gierig aus. Dann setzte er Kaffee auf und ging unter die Dusche. Anschließend hüllte er sich in einen flauschigen Bademantel und frühstückte ausgiebig. Heute war er nicht in Eile – er musste erst um 19 Uhr im Präsidium sein. Da es für ihn an Weihnachten und Sylvester immer besonders schmerzlich war, keine Partnerin an seiner Seite zu haben, hatte er sich freiwillig für den Silvesterdienst gemeldet. Er fand, dass es allemal besser war zu arbeiten, als grübelnd zuhause zu sitzen und die Wände anzustarren.

Er saß noch eine ganze Weile am Küchentisch und sah aus dem Fenster. Das Thermometer, dass irgendein Vormieter an der Außenseite des Küchenfensters angebracht hatte, zeigte acht Grad unter null. Eine milchig-orange Sonne ging langsam über der Innstadt auf. Saatkrähen flogen auf und begrüßten krächzend den neuen Tag. Die morgendliche Stille wurde jedoch jäh zerstört, als mehrere Brauerei-Lkw - laut dröhnend und schwarze Abgaswolken ausstoßend - unter seinem Fenster vorbeidonnerten und die auf dem Küchentisch abgestellte Tasse erzittern ließ.

Altmann erhob sich, gähnte und reckte sich, ging zum Radio und drehte am Knopf. Der unverkennbare Sound von *„The Boss", Bruce Springsteen* drang aus dem Lautsprecher:

Born down in a dead man town
The first kick I took was when I hit the ground
You end up like a dog that's been beat too much
Till you spend half your life just covering up
Born in the U.S.A., I was born in the U.S.A …

Den Rest des Vormittags verbrachte Altmann damit seine Wohnung aufzuräumen. Später ging er die liegengebliebenen Rechnungen durch und füllte

Überweisungen aus. Gegen zwölf Uhr verließ er seine Wohnung, warf die Überweisungen ein und ging hinüber zum *INNBRÄU.* Er aß Rindsrouladen mit Kartoffelpüree und trank dazu zwei Hefeweißbier. Anschließend kehrte er in seine Wohnung zurück und sank - mit sich und der Welt im Reinen - auf die Wohnzimmercouch, wo er augenblicklich einschlief.

Plötzlich wurde er durch lautes Knallen geweckt. Unten auf der Straße waren China-Böller explodiert und vereinzelt bahnten sich erste Sylvester-Raketen zischend und funkensprühend den Weg in den Nachthimmel. Er rieb sich verschlafen die Augen und sah benommen auf seine Armbanduhr. Es war kurz vor zwanzig Uhr. Verdammt! Er hatte verschlafen. Ruckartig setze er sich auf, griff nach dem Handy und informierte die Kollegen im Präsidium, dass er in einer dienstlichen Angelegenheit aufgehalten wurde. Eine kleine Notlüge hat noch niemandem geschadet, dachte sich Altmann, als er bereits unter der Dusche stand, um das letzte Quäntchen Schlaf aus seinem Körper zu verjagen. Trotzdem ärgerte er sich über sich selbst, da es zu seinen Grundprinzipien zählte, stets pünktlich zum Dienst zu erscheinen.

Mittwoch, der 01.Januar

Die Silvesternacht verlief für die Einsatzkräfte der Passauer Polizei arbeitsintensiv, aber – wie die älteren Kollegen versicherten – im normalen Rahmen.

Kurz vor Dienstende, gegen sieben Uhr morgen saß Altmann – mit übermüdeten Augen, einem Einsatzbericht und einer dampfenden Tasse Kaffee vor sich – an seinem Schreibtisch und zog Bilanz über die vergangene Nacht:

Insgesamt hatte die Polizeidirektion Passau 49 Einsätze zu bewältigen. Darunter waren die Polizeibeamten unter anderem mit 13 Körperverletzungen, acht angetrunkenen Personen, fünf Ruhestörungen, sieben Bränden und sechs Sachbeschädigungen beschäftigt. Außerdem kam es zu vier Verkehrsunfällen mit Blechschäden und drei Führerscheine wurden bei Verkehrskontrollen wegen Trunkenheit am Steuer einbehalten.

Ein 27-jähriger Mann aus Passau-Heining wurde beim Anzünden eines nicht zugelassenen Feuerwerkskörpers an der rechten Hand schwer verletzt. Er musste in das Klinikum Passau eingewiesen werden. Der Feuerwerkskörper stammte vermutlich aus Tschechien.

Ein stark alkoholisierter 43-jähriger Fahrradfahrer war auf ein parkendes Taxi aufgefahren und hat dabei einen nicht unerheblichen Schaden verursacht. Die angeforderten Polizisten stellten zudem bei der Überprüfung des Mannes fest, dass gegen ihn ein Haftbefehl vorlag. Er wurde in Gewahrsam genommen und durfte den Neujahrstag in der Ausnüchterungszelle verbringen.

Ein fünfjähriger Bub aus dem Passauer Stadtteil Grubweg hatte sich im Schlafzimmer der Eltern Handschellen angelegt. Weder den Eltern noch einem herbeigerufenen Nachbarn gelang es, die Handschellen zu öffnen und so wandten sie sich schließlich in ihrer Not an die Polizei. Der Schlüssel für die Polizeihandschellen passte für die Plüsch-Handschellen jedoch nicht. Die Kollegen verständigten daraufhin die Feuerwehr, die den Jungen mit Hilfe von Spezialwerkzeug schließlich befreien konnte.

Der letzte Absatz hinterließ ein Schmunzeln in Altmanns Gesicht. Das Leben schreibt doch immer noch die besten Geschichten, dachte er bei sich. Dann schob er den Bericht beiseite und reckte beide Arme in die Höhe. Für ihn gab es heute nichts mehr zu tun. Er fuhr nach Hause und legte sich ins Bett.

Gegen 13 Uhr wurde Altmann vom Schrillen des Telefons geweckt. Er schlug die Bettdecke zurück, schlüpfte in seine Filzpantoffel und tappte schlaftrunken zum Telefon. Es war Amanda seine Ex-Frau.

„Benninho", sagte sie. „Hier is Amanda. Feliz ano novo! Glücklich neues Jahr!"

„Das wünsch ich dir auch", antwortete Altmann. Es kam nicht allzu häufig vor, dass sie ihn anrief. Und wenn doch, dann meist aus dem einzigen Grund, dass sie Geld brauchte.

„Benninho, wie geht? Tudo bon?"

„Alles bestens", log er und hoffte, dass es einigermaßen überzeugend klang.

„Und euch, wie geht's euch so?"

„Caroline geht gut, mir auch. Nur Mama is krank. Hat ...,
wie sagst du in Deutsch: ... hat erkältet."

„Sag ihr doch bitte, dass ich ihr eine gute Besserung
wünsche."

„Obrigada, ich sag ihr."

„Ist ja bei euch da unten um diese Jahreszeit auch nicht
gerade warm, oder?"

„Brrrrr ..., hat actualmente 7°, und scheisse Ofen
funktioniert nichte richtig. "

„Verstehe ... was macht denn Caroline? Kann ich mit ihr
sprechen?"

„Nein, weisst, sie schläf noch, muss später anrufen."

Einige Sekunden herrschte Schweigen, ehe Amanda
fortfuhr: „Benninho, es gibt problemas."

Aha, jetzt kommt's. Jetzt lässt sie die Katze aus dem Sack,
dachte sich Altmann am anderen Ende der Leitung.

„Benninho, weisst, Caroline braucht muitas coisas für
Schule, viel Bücher und auch neues Kleid und neue Schuh.

Weisst, kost alles viel Geld hier in Portugal. Benninho, kannst du Geld schicken, perfavore?"

Als ob ich dir nicht jeden Monat schon genug überweise, dachte sich Altmann empört.

„Wieviel?", antwortete er schließlich.

„Kannst du schicken bitte dreihundert Euro?"

„Wird schon gehen", antwortete er zögerlich und haderte mit sich selbst, dass er schon wieder klein beigegeben hatte. Aber das Allerletzte, was er jetzt gebrauchen konnte, war Stress mit seiner Ex-Frau. Er versuchte deshalb jeglicher Konfrontation mit ihr, soweit wie möglich aus dem Weg zu gehen. In dieser Hinsicht war er ein Feigling, das wusste er. Aber damit konnte er leben.

„Obrigada, bist guter Papa. Ciaosinho!"

„Ciaosinho!"

Obwohl das Gespräch schon beendet war, stand Altmann noch eine Weile mit dem Hörer in der Hand im Flur und lies ihre letzten Worte nachklingen. Warum hat sie mich dann verlassen, wenn ich denn so ein guter Papa bin, grübelte er. Er hatte sich die letzten zwei Jahre schon mehr als einmal die gleiche Frage gestellt. Doch auch diesmal fand er keine befriedigende Antwort.

Donnerstag, der 02.Januar

Kurz vor acht war Altmann schon wieder im Präsidium und saß an seinem Schreibtisch. Steininger klopfte an seine Tür und trat ein.

„Morg`n Benno. Ein guads neus Jahr wünsch I dir!"

Altmann stand auf und erwiderte den Gruß per Handschlag: „ Stone, viel Glück und Gesundheit im neuen Jahr."

„Na, wia war die Silvesterparty im illustren Kreis der Kollegen?", frotzelte Steininger grinsend.

„ Ja, ja ... mach dich nur lustig über mich", entgegnete Altmann mit gespielter Empörung. „Während du dir wahrscheinlich ordentlich einen hinter die Binde gekippt hast, saß ich hier darbend bei Wasser und Brot. Aber einer musste ja schließlich die Stellung halten."

Altmann setzte sich und machte eine hilflose Geste.

„Du arms Würstl", sagte Steininger mit tröstender Stimme und verzog das Gesicht zu einer Begräbnismiene, die aber keine Sekunde später von einem schallenden Lachen abgelöst wurde.

„Grad eben", fuhr Steininger - nachdem sein Lachen abgeebbt war - mit ernster Stimme fort, „hab I einen Anruf entgeg`n g`nomma, von einem gewiss`n Herrn ..., " Steininger blickte kurz auf seinen Notizzettel, „Josef Stinglreiter, wohnhaft in Neuburg am Inn, Ziehweg 23. Er behauptet, dass er der anonyme Anrufer war, der die Leich`n aufgfund`n hod."

„Hat er sich denn geäußert, wieso er sich erst jetzt gemeldet hat", erkundigte sich Altmann.

„Na, aber I vermute, dass er von der Belohnung Wind bekommen hat."

Altmann nickte stumm, ehe er fortfuhr: „Hast du schon eine Zeugenvernehmung veranlasst?"

„Na, er hat g`sogt, das sei Auto kaputt is, und er deswegen ned nach Passau reinfahr`n kann."

„Komm, Stone!", sagte Altmann und sprang plötzlich voller Tatendrang von seinem Stuhl auf. „Wir unternehmen eine kleine Landpartie."

Zehn Minuten später zwängte sich Steininger hinter das Lenkrad des silbernen Dienst-Audis und nachdem ihm Altmann mit einem „Pack mass!" das Zeichen zum Aufbruch gegeben hatte, trat er aufs Gaspedal. Schnell erreichten sie die Neuburgerstraße, passierten den neu errichteten Messepark, fuhren ein Stück weit durch den Neuburger Wald und bogen kurz vor der Autobahnauffahrt Passau-Süd in die Bundesstraße 512 ein.

Der Audi raste durch schneebedecktes, niederbayerisches Bauernland. Verstreut schmiegten sich einzelne Vierseithöfe an sanft gewellte Hügel. Altmann starrte gedankenverloren in die Winterlandschaft hinaus, über die sich ein wolkenverhangener Himmel wölbte.

Dann machte er das Autoradio an und vernahm die vertraute Stimme von der Rockröhre *Tina Turner*:

Give me a lifetime of promises and a world of dreams

Speak the language of love like you know what it means

Ooh and it can`t be wrong take my heart and make it strong babe

You`re simply the best better than all the rest ...

Altmann summte noch einige Takte mit, als vor ihnen das imposante Schloss Neuburg, in dem ein luxuriöses Fünf-Sterne- Wellness-Hotel untergebracht war, auftauchte. Hinter makellosen - kugelförmig geschnittenen – Buchsbäumchen, konnte Altmann blitzblank polierte Limousinen erkennen, die in Reih und Glied auf dem hoteleigenen Parkplatz abgestellt waren. Ärztekongress, vermutete Altmann. Er hatte es ja vergangenen Herbst selbst in Betracht gezogen, hier ein Wochenende zu verbringen, hatte aber schnell einsehen müssen, dass das Ganze wohl doch nicht auf seinen Geldbeutel zugeschnitten war.

Das Navigationsgerät lotste sie links am Schloss vorbei. Dort kamen sie auf eine enge, steile Straße, die zwischen gedrungenen, zweistöckigen Häusern bergab führte. Steininger schaltete in den zweiten Gang zurück; das Getriebe des Audis krachte beängstigend.

„Sachte, sachte Stone! Mit einem Auto musst du behutsam umgehen wie mit einer schönen Frau", flachste Altmann und versetzte Steininger einen freundschaftlichen Seitenhieb. „Also, eins weiß ich sicher", setzte er nach, „mit meinem Auto fährst *du* keinen Meter."

„Wer möcht sich denn schon freiwillig in so eine Rostlaub`n setz`n?", konterte Steininger.

„Von wegen Rostlaube", protestierte Altmann mit erhobenem Zeigefinger. „Der Mann vom TÜV hatte mir erst neulich bei der letzten Hauptuntersuchung versichert, dass er selten einen BMW dieser Baureihe zu Gesicht bekommen hat, der noch so gut in Schuss war, wie meiner. Außerdem hat dein VW Golf doch wohl auch schon etliche Jahre auf dem Buckel."

Steininger zuckte resignierend mit den Schultern. „ Ja mei, was bleibt einem bei dem kärglich`n Beamtenlohn auch schon anderes übrig?"

Sie fuhren weiter den Berg hinunter, vorbei an winterlichen Streuobstwiesen bis sie die Talsohle erreichten. Dort teilte sich die Straße, und sie hielten sich links. Nach wenigen Metern ging die asphaltierte Straße in einen Schotterweg über. Als sich die Baumreihen, die den Weg säumten, lichteten, erkannte Altmann, dass sie sich die ganze Zeit bedrohlich nahe am Innufer bewegten. Unwillkürlich fiel sein Blick auf die drängende, alles mit sich reißende Strömung. Altmann zupfte an seiner Nase und rutschte unruhig auf seinem Sitz herum.

Steininger betrachtete ihn besorgt aus den Augenwinkeln. „Benno, geht`s dir ned guat?"

„Doch, doch, alles Bestens", antwortete Altmann und fügte eilfertig, um das Gespräch in eine andere Richtung zu lenken, eine Frage hinzu. „Bist du dir sicher, dass wir hier noch auf dem richtigen Weg sind?"

Steininger blickte auf den Monitor des Navigationsgerätes und erwiderte: „Wenn auf unser nettes Fräulein hier Verlass ist, dann ja."

Und - wie auf ein Stichwort - als wollte sie ihre angezweifelte Kompetenz unter Beweis stellen, meldete sich die Frauenstimme aus dem Navi:

„In zweihundertfünfzig Metern erreichen sie ihr Ziel auf der linken Seite."

Altmann und Steininger warfen sich amüsiert Blicke zu und schmunzelten.

Wenig später kam auf der linken Seite ein heruntergekommenes Bauernhaus zum Vorschein, das von Schrottautos und sonstigem Unrat umgeben war. Sie stellten den Audi ab, stiegen aus und näherten sich dem Haus, aus dessen Schornstein dicker weißer Rauch quoll. Ein Rottweiler zerrte kläffend an seiner Eisenkette. Instinktiv schaute sich Altmann nach einem Stock oder Ähnlichen um, den er – sollte sich der Hund losreißen – als Verteidigungswaffe verwenden konnte.

„Schaut ja hier ned grad aus, als wär`s der Buckingham Palast", bemerkte Steininger, der jetzt breitbeinig neben einem verrosteten Opel Kadett stand und sich umsah. Hinter einer Gardine an einem Fenster im Obergeschoss nahm Altmann eine flüchtige Bewegung war. Bald darauf erschien ein untersetzter, circa sechzigjähriger Mann in Hausschuhen und Trainingsanzug im Hauseingang, und versuchte, den immer noch aufgebrachten Hund, zu beruhigen: „Rambo ..., Malefiz, gibst endlich a Ruah!"

„Grüß Gott, Altmann ist mein Name, Kripo Passau. Sind sie Herr Josef Stinglreiter?", sprach Altmann den Mann an.

„Ja, der bin I. I hab sie schon erwartet. Aber kommen`s doch bittschön rein", sagte Stinglreiter und machte eine einladende Handbewegung, woraufhin die

Kriminalbeamten durch die Haustüre in den dunklen Flur eintraten. Eine Mischung aus muffig, abgestandener Luft und Katzenpisse schlug ihnen entgegen. Altmann vermied es durch die Nase zu atmen. Beinahe wäre er über eine Katze gestolpert, die plötzlich fauchend vor seinen Füßen auftauchte und anschließend durch einen schmalen Türspalt in einem Zimmer verschwand. Dann führte sie Stinglreiter in eine überheizte Wohnstube und bat sie auf dem Kanapee Platz zu nehmen. Ein graugetigerter Kater, der ausgestreckt auf dem Fenstersims lag, sah sie aus gelbgrünen Augen misstrauisch an.

„Darf ich den Herrn Kriminalern etwas anbieten?" fragte Stinglreiter.

Sie lehnten dankend ab, entledigten sich schleunigst ihrer Jacken und setzten sich. Altmann ließ seinen Blick umherwandern. Eine Eckbank mit Tisch und Stühlen, eine Kommode, auf dem ein alter Grundig-Fernseher stand und das Kanapee bildeten das ganze Mobiliar. An den Wänden hingen vergilbte Schwarzweiß-Familienfotos und im Herrgottswinkel über dem Tisch war ein schweres Eichen-Kruzifix angebracht. In der anderen Ecke bollerte ein Kaminofen und verbreitete diese fast unerträgliche Hitze, weswegen Altmann die Befragung so schnell wie möglich hinter sich bringen wollte.

„Herr Stinglreiter", begann Altmann nachdem sich Stinglreiter einen Stuhl herangezogen hatte und saß, „sie hatten heute Morgen im Präsidium angerufen und behauptet, dass sie der anonyme Anrufer sind, der am 26.Dezember in der Pfaffengasse einen toten Mann vorgefunden hat. Ist das korrekt?"

„Ja, des stimmt", antwortete Stinglreiter kopfnickend.

„Schildern sie doch bitte in allen Einzelheiten, wie sich das Ganze abgespielt hat", fuhr Altmann fort und zog einen Notizblock hervor.

„Oiso, des Ganze war so ...", fing Stinglreiter an und machte eine ausholende Handbewegung. „ Am Heiligabend hob i mei Schwester Reserl in Passau besucht."

„Könnten sie mir bitte", unterbrach ihn Altmann, „ den vollständigen Namen und Adresse ihrer Schwester nennen?"

„Theresia Langhuber, Klaftergasse 15, des is in der Nähe vom Residenzplatz."

Nachdem Altmann sich die Adresse notiert hatte, forderte er Stinglreiter mit einem Kopfnicken auf fortzufahren.

„Oiso, des Reserl, sie is alleinstehend, genauso wie i. Sie hod koi Kinder und ihr Moa, der Sepp, da Herrgott hob ihn selig, is scho frühzeitig verstorb`n. Herzinfarkt, wissen`s, mit gerade mal achtundvierzig Jahren. Eine Tragödie war des damals, kann i eahna sog`n. Oiso, wia I scho g`sogt hab, hab i mit dem Reserl Weihnachten g`feiert, hab dann bei ihr noch zweimal genächtigt und bin am zweiten Weihnachtsfeiertag wieder nach Haus g`fahrn.“

„Wer hat denn in der Zwischenzeit ihre Haustiere versorgt?“, warf Altmann ein, während sich Steininger mit einem Blatt Papier Luft zufächelte.

„Mei Nachbar, der Rentzinger Hans. Er wohnt, gleich links de Straß runter, im nächsten Haus. Er kümmert sich immer um meine fünf Katz`n und um den Hasso, meinen Hund, wenn i mal für a paar Tage weg bin. Hatt desweg`n noch nie a Gegenleistung verlangt. Er is eben *a guade Haut*, der Hans.“

„Konzentrieren wir uns jetzt auf den Morgen des 26.Dezembers“, sagte Altmann und warf einen Blick in die Ermittlungsakte. „Um 6 Uhr 23 hatten sie anonym die Notrufzentrale informiert, dass sie einen Toten in der Pfaffengasse aufgefunden haben. Wissen sie denn noch, wie spät es war, als sie den Mann entdeckt hatten.“

Stinglreiter überlegte kurz, bevor er antwortete: „Es muss kurz vor elf g`wesen sein."

„Wie ..., das verstehe ich jetzt nicht", sagte Altmann erstaunt und öffnete die oberen Knöpfe seiner Strickjacke. „Sie wollen die Leiche erst um elf Uhr entdeckt haben, gaben das aber schon vorher um 6 Uhr 23 bekannt?"

„Nein, nein Herr Kommisar. Des war ja schon am Vortag um elf Uhr nachts, als i fast über die Leich`n g`stolpert wär."

„Jetzt mal ganz langsam, Herr Stinglreiter. Sie wollen also damit sagen, dass sie über sieben Stunden verstreichen haben lassen, ehe sie den Vorfall gemeldet haben?" Altmann sah ihm fest in die Augen. „Haben sie dafür eine Erklärung?"

„Oiso, Herr Kommissar ...", fuhr Stinglreiter zögernd fort. „Die Sach war so: I schlaf ja in letzter Zeit immer so schlecht, sodass es für mich zur Gewohnheit word`n ist, allabendlich einen Spaziergang zu mach`n. An diesem besagten Abend – es war diesmal a bisserl später g`wordn, weil i mir im *Gasthaus zur blauen Donau* noch einen Schlummertrunk  genehmigt hatte – war i schon fast am Ende meines Rundgangs. Und als i dann durch die dunkle Pfaffengass`n gekommen bin und plötzlich auf der Erden den Tot`n mit dem ganz´n Blut g`sehen hob, hab i mir vor

Schreck fast in die Hos`n gschiss`n. Der Mörder hätt schließlich ja noch irgendwo auflauern können. Da hab i mir gedacht: nix wie weg von hier und bin zu der Wohnung meiner Schwester g`rannt. Da s`Reserl aber schon g`schloafa hod, wollt ich sie desweg`n auch nicht wecken. Sie müss`n wiss`n, dass sie a schwach`s Herz had und so eine Aufregung wär bestimmt ned guad g`wesn für sie. Dann hob i versucht von ihrem Apparat aus die Polizei zu verständig´n, aber des Telefon hod ned funktioniert. Und auf die Straß naus zu an Telefonhäusl hab i mi nimmer traut. Dann bin i ins Bett g`anga und hab beschloss`n, gleich am nächst`n Tag in da Früh anzuruf`n. Wos i ja dann auch g`macht hab."

„Und ein Handy hatten`s vermutlich auch nicht dabei?", fragte Altmann nach.

„Na,na, a so a neumodern`s Glump brauch i ned", antwortete Stinglreiter kopfschüttelnd.

„Dieses „neumoderne Glump", wandte Altmann ein und sah Stinglreiter vorwurfsvoll an, „hätte uns helfen können eine sofortige Fahndung einzuleiten, sodass der Mörder schon längst hinter Gittern sitzen könnte."

Stinglreiter schwieg und breitete seine Hände zu einer hilflosen Geste aus.

„Wie konnten sie denn überhaupt sicher sein", fuhr Altmann fort, „dass der Mann, den sie da in dieser dunklen Gasse vorgefunden hatten, auch tatsächlich tot war? Haben sie versucht seinen Puls zu fühlen?"

„Um Gott`s Willen, na!", entgegnete Stinglreiter und verzog angewidert sein Gesicht, als hätte man ihm soeben eine tote Ratte in die Hand gedrückt. „I hab den Mann ned ang`rührt. Aber, das der mausetot war, des hob i gleich g`sehn."

„Sind sie sich darüber im Klaren, Herr Stinglreiter", bemerkte Altmann, „dass sie sich damit eventuell der unterlassenen Hilfeleistung schuldig gemacht haben?"

Stinglreiter zuckte mit den Schultern.

„Nun gut...", Altmann tupfte sich mit einem Taschentuch Schweißperlen von der Stirn, ehe er fortfuhr. „Ist ihnen denn im Umfeld des Tatortes jemand begegnet oder ist ihnen irgendetwas aufgefallen?"

Stinglreiter dachte nach und schüttelte stumm den Kopf. Altmann wollte das Gespräch schon beenden, als Stinglreiter dann doch noch hinzufügte: „ Jetzt is mir noch was eing`falln, Herr Kommissar. Grad wia i von der Donau her die Pfaffengass`n raufg`stiegn bin, da hätt mich a so a jungs Bürscherl fast über`n Hauf`n g`rennt. Der is g`flitzt als wär der Leibhaftige hinter ihm her g`wesn. Und ned einmal entschuldigt hat er sich bei mir, der gscherde Lackl."

„Können sie den Mann beschreiben?" fragte Altmann.

„Des is schwierig. Es ging ja ois so schnell und obendrein war`s stockfinster."

Altmann schlug in der Ermittlungsakte die Seite mit dem Phantombild auf und zeigte es Stinglreiter. „Könnte es dieser Mann gewesen sein?"

Stinglreiter betrachtete – den Rücken tief nach vorne gebeugt - das Bild und kam zu der Erkenntnis: „Schon möglich, aber sicher bin i mir ned."

Altmann warf Steininger einen Blick zu und fragte ihn: „Stone, hast du noch was in petto?". Steininger schüttelte den Kopf.

„Gut, Herr Stinglreiter", beendete Altmann das Gespräch, erhob sich und schüttelte seine Hand. „ich danke ihnen für ihre Mithilfe."

„Gern g`schehn, Herr Kommissar", erwiderte Stinglreiter lächelnd, sodass eine lückenhafte Zahnreihe zum Vorschein kam.

„Und wenn ihnen später noch was einfallen sollte", sagte Altmann und händigte seine Visitenkarte aus, „können sie mich jederzeit anrufen."

„Selbstverständlich, Herr Kommissar", entgegnete Stinglreiter und begleitete die Beamten zur Tür.

„Nur eins noch ..., Herr Kommissar ...", druckste Stinglreiter herum und fuhr sich verlegen mit der Hand durch sein graues, schütteres Haar. „I hob da in der Zeitung g`lesn, dass eine Belohnung für die Ergreifung des Täters ausg`setzt is. Und wenn`s ihnen koi Umständ macht, könn`t sie mich denn bitt`schön gleich anruf`n, wenn`s den Mörder erwischt hab`n?"

„Sie werden es als einer der ersten erfahren - versprochen."

Altmann und Steininger verließen das Haus und traten auf den Hof hinaus. Wieder zerrte der Rottweiler an seiner Kette und bellte. Dann gingen sie langsam, den Hund die ganze Zeit aus den Augenwinkeln beobachtend, zum Auto zurück.

„Ja bluadiga Hennadreck, a Sauna is nix dageg`n. Es hätt nimmer vui braucht und i hätt da drin an Hitzschlag erlitt`n", japste Steininger, als sie außer Hörweite waren.

„Ich weiß gar nicht, worüber du dich beschwerst?", gab Altmann mit einem breiten Grinsen zurück. „Schwitzen ist doch so gesund."

Bevor Altmann und Steininger ins Präsidium zurückkehrten, legten sie in der Neuburgerstraße einen Zwischenstopp im *McCafé* ein.

„Und Benno", begann Steininger – nachdem er von seinem Butter-Croissant abgebissen hatte – mit halbvollem Mund, „glaubst du, dass wir auf der richtig`n Fährt`n sind?"

Altmann nippte an seinem Latte Macciato, ehe er antwortete: „Lass mich mal so sagen: die grobe Richtung stimmt, davon bin ich überzeugt. Ich möchte das Ganze mal in Gedanken durchspielen, aber korrigiere mich bitte, wenn du meinst, dass ich falsch liege."

Steininger nickte und schlürfte aus seiner Cappuccino-Tasse.

„Was wissen wir?", begann Altmann. „Zwei junge Männer, Südländer, gut gekleidet, feiern - mit einem ordentlichen Batzen Geld in der Tasche – in einer Bar. Wer sie sind und was sie für einen Grund haben zu feiern, darüber lässt sich nur spekulieren. Sind sie vielleicht seriöse Geschäftsleute, die einen erfolgreichen Deal getätigt haben oder sind es Gauner, die ein krummes Ding gedreht haben? Wir wissen es nicht. Was später geschah, liegt ebenfalls noch im Dunkeln. Aber es könnte sich folgendermaßen abgespielt haben: Gegen 23 Uhr verließen beide – mit einer Flasche Champagner intus – die Bar und durchquerten die Pfaffengasse. Dort kam es - vermutlich wegen dem Geld – zum Streit, woraufhin einer von dem Beiden ein Messer zog und den Anderen tödlich verletzte. Anschließend nahm der Täter das Geld und alles, was das Opfer bei sich trug, an sich. Wenig später, auf der Flucht Richtung Donau, hat der Täter dann den Stinglreiter angerempelt. Dann verliert sich die Spur."

Altmann wirbelte mit dem Löffel in seinem Latte Macciato-Glas und nahm einen großen Schluck.

„Das Ganze ist eben wie ein großes Puzzlespiel", führte Altmann weiter. „Aber je mehr Puzzlestücke wir zusammenfügen, desto deutlicher wird das Bild."

„Obwohl der Stinglreiter, ja nicht gerade a große Hilfe war."

„Zumindest wissen wir jetzt, dass er der anonyme Anrufer war. Nur eins stinkt mir gewaltig: Da wartet er in aller Seelen Ruhe geschlagene sieben Stunden, bis er sich endlich dazu aufraffen konnte uns in Kenntnis zu setzen. Wären wir in der Lage gewesen nur ein paar Stunden früher eine Fahndung herauszugeben, dann hätten wir eine reelle Chance gehabt den Kerl zu schnappen. Aber so war der natürlich längst über alle Berge."

„Na, ja, er hat ja g`sogt, dass des Telefon ned funktioniert hat."

„Ach, komm schon Stone", sagte Altmann und machte eine ausholende Handbewegung. „ Du brauchst dich doch hier nur mal umzusehen. Jeder Zwölfjährige schleppt doch heutzutage ein Handy mit sich rum. Da kann es doch nicht so schwierig sein ein Telefon aufzutreiben, um einen Notruf abzusetzen."

„I denk des is a gesellschaftliches Problem. Die Leut woll`n sich möglichst aus allem raushalt`n und Jeder ist sich selbst der Nächste. Es gibt halt koin Zusammenhalt mehr, so wie`s früher war."

Altmann nickte nachdenklich. „Ich dachte hier in Passau wär das noch nicht so."

„Von wegen", entgegnete Steininger mit einer resignierenden Handbewegung. „Wir Polizisten wissen`s doch am Best`n, dass es a heile Welt   - selbst hier in Niederbayern - scho lange nicht mehr gibt."

„Das ist schade", sagte Altmann und nahm einen letzten Schluck Kaffee. „Aber lass uns doch über etwas Erfreuliches reden, über *1860 München*."

„Von wegen erfreulich", widersprach Steininger mit einem gequälten Lächeln. „Die *Sechzger* san doch nur noch ein Schatt`n ihrer selbst. Sie dümpl`n irgendwo im Mittelfeld der Tabell`n rum und wechsel`n mittlerweile die Trainer häufiger als unsereins die Bettwäsch."

„Warum suchst du dir dann keinen anderen Verein, wie *Bayern München* zum Beispiel?"

„Einmal Löwe, immer Löwe, wia man so schön sogt. Des is bei uns zu einer Art Familientradition word`n. O`gfangt beim Opa, über`n Vatter, bis hin zu meine zwoi Brüder, allesamt sans *Löwen.* Was glaubt`s du, wos da dahoim los wär, wenn i plötzlich mit am *Bayern-Trikot* auftaucha würd. Mei Vatter würd me glatt enterben."

„Vor Jahren hatte mich mal ein Kollege zu einem Heimspiel von *Eintracht Frankfurt* mitgeschleppt. Sofern ich mich richtig erinnern kann, haben die damals gegen Bayer Leverkusen mit 0:1 verloren. Da ich zuvor vierundzwanzig

Stunden ununterbrochen im Dienst gewesen war und das Spiel ereignislos vor sich hinplätscherte, bin ich auf der Tribüne eingeschlafen. Seitdem habe ich kein Fußballstadium mehr von innen gesehen."

„Ja, ja so kann`s hergeh", sagte Steininger, leerte seine Capuccino-Tasse und sah auf seine Armbanduhr. „Du Benno, i glaub es wird Zeit zum Aufbrech`n."

Gegen zwölf Uhr parkte Steininger den Audi auf dem Präsidiumsparkplatz. Gerade als Altmann und Steininger aus dem Auto kletterten, sahen sie, wie zwei uniformierte Kollegen einen Betrunkenen lauthals protestierend aus dem Fond des Polizeiautos zerrten: „Ihr Scheißbullen! Nehms`t bloß eure Drecksfinger von mir! Des werd`s no amoi bitter bereu`n! Mei Rechtsanwalt wird euch alle miteinand verklag`n! Des werd`s nachher scho seh`n!"

Die Kollegen bugsierten den torkelnden Mann Richtung Eingang, als sich dieser plötzlich nach vorne überbeugte und mitten auf dem Parkplatz übergeben musste. Altmann und Steininger machten einen großen Bogen darum, warfen den Kollegen mitfühlende Blicke zu und verschwanden hinter der Eingangstür.

Später, als Altmann wieder in seinem Büro war widmete er sich den Papieren, die auf seinem Schreibtisch hinterlegt wurden. Nach zwei Stunden Büroarbeit gönnte er sich eine kleine Auszeit. Die Nachmittagssonne stand schräg am Himmel und überflutete Altmanns Büro mit goldgelbem Licht. Altmann verschränkte seine Arme hinter dem Kopf, lehnte sich in seinem Bürostuhl zurück und genoss die wärmenden Sonnenstrahlen. Für einen kurzen Augenblick versank er in einen erotischen Tagtraum, wo er sich mit einer heißblütigen, dunkelhäutigen Frau zwischen aufgewühlten Bettlaken liebte.

Das Schrillen des Telefons holte ihn in die Realität zurück. Marianne Huber, die halbtags als Sekretärin in der Anmeldung arbeitete, war am anderen Ende der Leitung.

„Hallo, Herr Altmann. Soeben hat eine Journalistin der PNP angefragt, ob es schon Neuigkeiten über den Mordfall gibt und ob sie für ein Interview bereitstünden."

Für Altmann war die Presse- und Öffentlichkeitsarbeit eine lästige Pflicht, die er gerne auf Andere abgeschoben hätte. Nichtsdestotrotz wusste er aber, dass es für eine erfolgreiche Ermittlung wichtig - und manchmal sogar ausschlaggebend war - die Medien mit einzubinden.

Altmann sah auf seine Armbanduhr, ehe er antwortete: „Na schön, Frau Huber. In gut einer Stunde ließe sich das einrichten. Ich werde in meinem Büro sein."

„Gut, Herr Altmann. Dann werde ich mit der Dame um 15 Uhr einen Termin vereinbaren. Kann ich denn sonst noch was für sie tun?"

„Nein, nein besten Dank - das wär alles. Aber ich melde mich bei ihnen, sollte ich noch was brauchen". Während Altmann den Hörer auf die Gabel legte, konnte er Marianne Huber vor seinem geistigen Auge sehen - die leicht übergewichtige, alleinerziehende Mutter mit dem breiten Hüften und dem traurigen Dackelblick. Irgendwie wurde er den Verdacht nicht los, dass sie ihn heimlich anhimmelte. Oder bildete er sich das Ganze nur ein? Egal, dachte er sich. Er schätze sie als zuverlässige Mitarbeiterin, und mit Sicherheit war sie auch eine fürsorgliche, aufopfernde Mutter. Aber darüber hinaus konnte er keine Gefühle für sie entwickeln.

Punkt 15 Uhr klopfte es an Altmanns Bürotür. Nachdem Altmann ein „Herein!" gerufen hat, trat eine junge, elegant gekleidete Frau in den Raum. Ihre blonden, schulterlangen Haare und eine hellbraune Collegetasche, die sie über der

Schulter trug, bildeten einen auffälligen Kontrast zu ihrem schwarzen Trenchcoat.

„Grüß Gott, Herr Altmann. Lena Kleinschmitt von der *Passauer Neuen Presse*. Ich hatte einen Termin vereinbart."

Altmann sprang von seinem Schreibtisch auf und ging mit einem Lächeln auf die junge Frau zu. „Willkommen, Frau Kleinschmitt", begrüßte er sie händeschüttelnd. Nachdem er ihr den Mantel abgenommen und sie auf den Besucherstuhl verwiesen hatte, fragte er sie: „Darf ich ihnen einen Kaffee oder Tee anbieten?"

„Nein, Danke", entgegnete sie und schüttelte den Kopf. „Machen sie sich meinetwegen keine Umstände."

Während sie aus ihrer Tasche einen Notizblock und einen Bleistift hervorholte, fiel sein Blick auf ihre kleinen, spitzen Brüste, die sich deutlich unter dem eng anliegenden, karamellfarbenen Pullover abzeichneten.

Altmann saß mit gefalteten Händen am Schreibtisch und forderte die Journalistin mit einem wohlwollenden Nicken auf, anzufangen.

„Herr Kriminaloberkommissar Altmann", begann sie und musterte ihn mit ihren hellblauen Augen. „Ist das die korrekte Anrede?"

„Ja, aber den Kriminaloberkommissar können sie getrost weglassen."

„Das ist nur fürs Protokoll", fügte sie hinzu und machte sich eine Notiz.

„Herr Altmann, gibt es zu dem Mordfall in der Passauer Altstadt schon neue Erkenntnisse?"

„Um es gleich vorwegzunehmen, Frau Kleinschmitt", leitete Altmann ein und öffnete seine Hände zu einer hilflosen Geste. „Ich kann ihnen leider - so gern ich auch möchte – nichts sensationelles Neues bieten."

„Was gab es denn für Reaktionen seitens der Bevölkerung, nachdem wir in unserer Zeitung aufgefordert hatten, die Polizei zu unterstützen?" fragte sie und ließ den Bleistift zwischen ihren Fingern kreisen.

„Es sind in der Zwischenzeit schon einige vielversprechende Hinweise eingegangen, die wir auch schon unter die Lupe genommen haben. Aber *der* entscheidenden Hinweis, der uns den Durchbruch verschafft hätte, war leider noch nicht dabei."

„Weiß man denn schon etwas über die Identität des Mordopfers?"

„Wir gehen mittlerweile davon aus, dass der Mann Italiener war."

„Und was können sie über den Täter berichten?"

„Aufgrund einer Zeugenaussage wissen wir, dass das Mordopfer in der Tatnacht in Begleitung eines anderen Mannes war. Auf diesen Mann richtet sich jetzt unser Augenmerk."

„Sie meinen, dass dieser Mann der Täter war?"

„Das vermuten wir."

„Somit könnte der Täter auch Italiener sein?"

„Ja, aber wie schon gesagt, das sind alles nur Vermutungen."

Lena Kleinschmitt strich sich eine Haarsträhne hinters Ohr und fischte einige Papiere aus ihrer Ledertasche.

„Herr Altmann, wir haben nach unserer Berichterstattung über den Mordfall von unserer Leserschaft etliche Zuschriften bekommen", fuhr sie fort und schob die Papiere über den Schreibtisch. „Hier habe ich für sie eine kleine Auswahl von Lesermeinungen und ich würde sie bitten, dazu Stellung zu nehmen."

Altmann nahm die Papiere zur Hand, las sie durch und bewegte dabei lautlos die Lippen.

Wo war denn unsere Polizei, wenn man sie mal braucht?

Sehr geehrte Redaktion,

mit Entsetzen habe ich ihren Artikel: „Brutaler Mord in der Passauer Altstadt" vom 27.Dezember gelesen. Nun drängt sich bei mir die Frage auf: „Wo war denn unsere Polizei, wenn man sie mal braucht? Wie mir scheint, ist die Passauer Polizei unfähig ein derartiges Gewaltverbrechen, wie es sich am 26.Dezember zugetragen hat, zu verhindern. Wie sollte sie auch – ist sie doch hauptsächlich damit beschäftigt, Strafzettel an die Autos von unbescholtenen Bürgern anzubringen.

Mit besten Grüßen

Herbert Lindinger
Passau-Grubweg

Zustände wie in der New Yorker Bronx!

Sehr geehrte Damen und Herren,

in bezugnehmend auf ihren Artikel „Mord in der Passauer Altstadt" vom 27.12. möchte ich meine Besorgnis zum Ausdruck bringen. Ich bin zweifacher Familienvater und bin erst vor Kurzem von Berlin nach Passau gezogen, um in einer hiesigen Anwaltskanzlei einzusteigen. Einer meiner Beweggründe war, warum ich diesen Schritt unternommen hatte, die zunehmende Gewalt auf den Berliner Straßen. Ich hatte gehofft, hier in Passau noch sowas wie eine „heile Welt" vorzufinden, wo ich mit meiner Familie in Ruhe und Frieden leben kann. Doch angesichts derartiger brutaler Verbrechen, wie sie hier in Passau geschehen, fürchte ich, dass hier bald „Zustände wie in der New Yorker Bronx" herrschen. Und was gedenkt eigentlich die Polizei zu unternehmen?

Mit freundlichen Grüßen

Dr.jur. Alfred Herrhausen
Passau-Hals

Früher fühlte man sich noch sicher auf den Straßen!

Sehr verehrte Damen und Herren der Passauer Neuen Presse,

ich bin 82 Jahre alt und lese tagtäglich ihre Zeitung. Sie gefällt mir sehr gut, weil ich dann immer über die Politik und auch über die lokalen Ereignisse informiert bin. Am Freitag, dem 27.Dezember hab ich mich allerdings fürchterlich erschrocken, als ich die Titelseite gesehen habe. Ein Mord, hier in Passau! Seitdem traue ich mich nicht mehr aus dem Haus. Wieso gibt es eigentlich nicht mehr die Gendarmerie, die nachts durch die Straßen geht, so wie früher. Damals fühlte man sich noch sicher auf den Straßen!

Mit den allerbesten Grüßen

Kreszentia Langmeier
Passau-Haidenhof

Altmann schob die Papiere von sich und sah die Journalistin skeptisch an, als er sagte:

„Sie erwarten doch nicht ernsthaft, dass ich mich dazu äußere."

„Mit einem kurzen Statement geb ich mich auch zufrieden", erwiderte sie und blickte ihn erwartungsvoll an.

„Nun gut, Frau Kleinschmitt", sagte Altmann mit einer ausholenden Handbewegung.

„Ich kann ihnen und ihrer Leserschaft versichern, dass die Kripo Passau alles unternimmt, um den Mordfall so schnell wie möglich aufzuklären. Wir arbeiten in dieser Angelegenheit eng mit dem Bundeskriminalamt und mit Interpol zusammen. Zusätzlich haben wir ein Kontingent der Bereitschaftspolizei aus München angefordert, die jetzt nachts in der Altstadt Streife geht. Sie sehen also, dass wir durchaus Maßnahmen ergriffen haben, um die Sicherheit der Passauer Bürger zu gewährleisten obwohl ich es für unwahrscheinlich halte, dass sich der Mörder überhaupt noch in Passau aufhält. Der ist doch längst wieder zuhause in Italien oder sonst wo und lässt sich von seiner Mama bekochen."

Altmann ließ seine flache Hand auf den Tisch fallen und gab damit der Journalistin zu verstehen, dass das Interview beendet war. Lena Kleinschmitt bedankte sich für das Gespräch und verabschiedete sich.

Kurze Zeit später trat Altmann in den Flur hinaus und holte sich einen Kaffee vom Automaten. Als er wieder in seinem Büro war, ging er mit dem dampfenden Kaffeebecher in der Hand zum Fenster. Die Sonne verschwand allmählich hinter dem Gebäude eines Versicherungskonzerns und verbreitete rötliches Licht. Am wolkenlosen Himmel tauchten die ersten Sterne auf. Es würde wieder eine bitterkalte Nacht werden.

Plötzlich klingelte sein Handy, das auf dem Schreibtisch lag. Es war Sebastian, sein jüngerer Bruder.

„Hallo, großer Bruder, wie geht's dir?", meldete sich die vertraute Stimme seines Bruders.

„Alles bestens. Und selber?"

„Kann nicht klagen, Alter. Du Benno, was ich dich fragen wollte, kann ich übers Wochenende zu dir kommen?"

„Natürlich, du weißt doch: *My home is your home*."

„Prima, dann komme ich am Samstag mit dem 16Uhr30 Zug. Kannst du mich vom Bahnhof abholen?"

„Ich denke, das lässt sich einrichten", antwortete Altmann, nachdem er einen Blick in seinen Terminkalender geworfen hatte. „Aber ruf mich bitte sicherheitshalber – kurz bevor du ankommst – nochmal an."

„Ist gebongt. Was macht denn eigentlich unser alter Herr? Geht`s ihm gut?"

„Das können wir alles am Samstag besprechen."

„Gut, dann bis später. Tschüss."

Altmanns Bruder Sebastian war vier Jahre jünger als er und wohnte in Stuttgart. Die meiste Zeit war er jedoch im Ausland unterwegs, wo er als leitender Ingenieur für Großbauprojekte tätig war. Seine Arbeit hatte ihn schon um den halben Globus geführt. Und jedes Mal, wenn es ihn an einen neuen Ort verschlagen hatte, schickte er eine Ansichtskarte an Altmanns Adresse. Inzwischen reihten sich auf der Pin-Wand in seiner Wohnung in Passau Postkarten aus aller Herrenländer wie Mexico, Kanada, Südafrika, Russland, Indien und China. Früher hatte er seinen Bruder, weil er durch seine Arbeit die ganze Welt bereisen konnte, dafür brennend beneidet. Doch mittlerweile wusste er die Vorzüge eines geregelten Lebens, die eine Beamtenlaufbahn in einer bayerischen Kleinstadt mit sich brachte, durchaus zu schätzen.

Als Altmann seinen Schreibtisch aufräumte, klingelte sein Handy erneut. Eine Mitarbeiterin von der Buchhandlung Pustet meldete sich und sagte, dass der Atlas, den er bestellt hatte, zur Abholung bereitläge. Altmann bedankte sich und versicherte ihr, dass er noch heute vorbeikommen würde.

Eine halbe Stunde später fuhr Altmann vom Präsidium nach Hause. Er rollte mit seinem BMW die Nibelungenstraße hinunter, die in die Dr.-Hans-Kapfinger-Straße mündete. Rechts auf einem kleinen Hügel, erhob sich das prächtige Gebäude der Löwenbrauerei, dessen Jugendstil-Fassade von großen Scheinwerfern in orangefarbenes Licht getaucht war. Dann fuhr er im Kreisverkehr ein, und stellte das Auto direkt vor der Buchhandlung ab. Er ignorierte die Parkverbotsschilder, in der Hoffnung, dass um diese Zeit die meisten Politessen schon Feierabend hatten. Der neu erbaute Stadtturm, in dem sich neben der Buchhandlung mehrere

Anwaltskanzleien, Arztpraxen und ein Aussichts-Café befanden, ragte über neun Etagen in die Höhe und verströmte einen Hauch von Großstadtflair.

Kurze Zeit später verließ Altmann, mit dem neuen Atlas unterm Arm, die Buchhandlung. Obwohl er stolze sechsundneunzig Euro dafür bezahlt hatte, hielt er den Preis für angemessen. Es war ein schöner Atlas, der schwer in der Hand lag mit detaillierten Karten und umfangreichen Register. Altmann hatte ein gewisses Faible für Geographie – schon in der Schule war das sein absolutes Lieblingsfach gewesen.

Bevor er den BMW in der Tiefgarage bei seiner Wohnung abstellte, schaute er noch in der Kfz-Werkstatt von Rudi Fuchsberger vorbei, die an der Wiener Straße im Stadtteil Haibach lag. Er fuhr durch das Tor hindurch in den Hof, wo Gebrauchtwagen aller Marken abgestellt waren. Altmann stellte den Motor ab und stieg aus. Ein fetter Kater saß auf der Motorhaube eines alten Ford Taunus und beobachtete ihn argwöhnisch. Gleichzeitig sah er Fuchsberger, den alle nur „*Fuchsi*" nannten, der hinter einem rostigen VW Bully Bus hervorkam. Er steckte in einem ölverschmierten, blauen Overall und trug dazu ein speckiges Baseball-Cap mit BMW-Emblem. Altmann konnte sich nicht entsinnen, ihn jemals in anderer Kluft gesehen zu haben. Würde er ihn zufällig irgendwo auf der Straße ohne seine gewohnte Arbeitskleidung begegnen, hätte Altmann wohl seine Mühe gehabt ihn wieder zu erkennen.

„Servus Fuchsi", begrüßte ihn Altmann.

„Habe die Ehre, Herr Kommissar", erwiderte Fuchsberger mit breitem Grinsen.

„Sind meine Winterreifen schon geliefert worden?"

„Hab sie heut Nachmittag rein bekommen."

„Kannst du sie mir heute noch draufmachen oder soll ich ein anderes Mal vorbeikommen?"

„Nein, nein. Null problemo!", antwortete Fuchsberger und steckte sich eine filterlose *Rothhändle* an.

„Kannst ja schon mal in die Werkstatt auf die Hebebühne fahr`n", sagte Fuchsberger und blies blauen Rauch in die Luft.

Altmann nickte, stieg in den BMW, startete den Motor und bugsierte den Wagen vorsichtig in die Werkstatt.

Nachdem Fuchsberger die Reifen montiert und als kostenlose Draufgabe noch Ölstand und Kühlerflüssigkeit kontrolliert hatte, holte er aus einem alten, wummernden Bosch-Kühlschrank zwei Flaschen Innstadt-Bier hervor.

Altmann und Fuchsberger öffneten laut ploppend den Bügelverschluss, prosteten sich zu und tranken gierig den köstlichen Gerstensaft.

„Ahhhhhh ... es gibt doch nichts Besseres, als wos Guat`s!", philosophierte Fuchsberger und ließ einen gewaltigen Rülpser durch die Werkstatthalle ertönen.

„Und, wie läuft`s so, Fuchsi?", erkundigte sich Altmann.

„Kann mich nicht beklagen. Zurzeit hab ich mehr Arbeit, als diese zwei Hände erledigen können." Fuchsberger breitete mit einer hilflosen Geste die Arme aus, wobei seine schwieligen, ölverschmutzten Handflächen zum Vorschein kamen.

„Aber über mangelnde Arbeit könnt euch ihr bei der Passauer Kripo wohl gerade auch nicht beklagen", sagte Fuchsberger. „Der Mordfall in der Altstadt ist ja momentan *das* Gesprächsthema in der Stadt", fügte er hinzu.

„Ja, da kann ich dir nur zustimmen. Wir sind jetzt im Dauereinsatz und unser Chef hat vorsorglich schon mal eine Urlaubssperre verhängt."

„Hoffentlich schnappt ihr den Kerl bald."

„Das hoffe ich auch", pflichtete Altmann bei, nahm einen letzten großen Schluck aus der Flasche, bedankte sich für das Bier und verabschiedete sich.

Bevor Altmann losfuhr, kurbelte er noch die Seitenscheibe herunter, streckte seinen Kopf hinaus und rief Fuchsberger zu: „Fuchsi, kannst mir ja die Rechnung per Post zuschicken! Meine Adresse hast du doch, oder!?"

Fuchsberger nickte wohlwollend und vollführte zum Abschied mit der rechten Hand so etwas wie einen schlampigen Salut.

Später in seiner Wohnung nahm er ein heißes Bad und ließ sich von den sanften Klängen *Simply Reds* einlullen:

Holding back the years
thinking of the fear I've had so long
when somebody hears
listen to the fear that's gone …

Nach dem Bad aß er ein paar Wurstbrote und trank heißen Früchte-Tee dazu. Dann blätterte er noch in dem neu erworbenen Atlas und bereiste in seinen Gedanken ferne, exotische Länder.

Gegen dreiundzwanzig Uhr legte er sich ins Bett und schlief fast umgehend ein.

Freitag, der 03.Januar

Während Altmann morgens zur Arbeit fuhr, fegte ein Schneesturm über Passau hinweg. Der Schnee fiel fast waagerecht und man konnte nur wenige Meter weit sehen. Altmann manövrierte den BMW in Schrittgeschwindigkeit über die vereisten Straßen und schaltete die Scheibenwischer auf die höchste Stufe. Vereinzelte Fußgänger, die sich aus ihren Häusern gewagt hatten, stapften mit verdrießlicher Miene durch den knöcheltiefen Schnee. Doch der Sturm legte sich ebenso schnell, wie er begonnen hatte.

Gegen acht Uhr erreichte Altmann das Polizeigebäude und ging mit schnellen Schritten in sein Büro. Zunächst holte er sich am Automaten noch einen Kaffee, stellte den dampfenden Becher auf seinem Schreibtisch ab und ging Punkt für Punkt nochmal die Akten durch. Erneut musste er an seinen Mentor, den ehemaligen Frankfurter Kollegen Gottfried Meixner, denken und fragte sich, wie wohl er an die Sache herangegangen wäre. Altmann sah ihn vor seinem geistigen Auge, wie er grübelnd die Berichte studierte, sich mit einem Bleistift an seiner Glatze kratzte und plötzlich - von einem Geistesblitz durchzuckt -

aufsprang und so einem Großteil der Fälle die entscheidende Wendung geben konnte.

„Betrachte alles aus verschiedenen Blickwinkeln und schließe nichts schon im Vorhinein aus", hatte ihm Meixner mehrmals eingebläut.

Altmann war schon drauf und dran Meixner anzurufen, um den einen oder anderen Ratschlag von ihm zu erhalten. Doch irgendetwas hielt ihn davon ab. Er wusste nicht genau, was es war, aber vermutlich war es Stolz, wenn nicht gar Hochmut. Dennoch kam er überein, sich demnächst mal wieder bei ihm zu melden, wenn auch nur, um sich nach seinem Wohlergehen zu erkundigen.

 Das beharrliche Klingeln des Telefons riss ihn aus seinen Gedanken.

„Altmann", meldete er sich.

„Guten Tag Herr Altmann, hier ist Bruno Schwätzer - ich bin Chefredakteur des wöchentlich erscheinenden Heimatblattes *Land & Leute*."

Was für ein treffender Name für einen Pressefuzzi, dachte sich Altmann amüsiert.

„Herr Altmann ist es richtig", fuhr Schwätzer fort, „dass sie die Ermittlungen in der Mordfallsache leiten?"

Herrgott nochmal, welcher Idiot sitzt denn da in der Telefonzentrale? Bin ich denn hier für jeden Müll zuständig? dachte sich Altmann erbost.

„Ja, das stimmt", antwortete Altmann, ohne sich seine Verärgerung anmerken zu lassen. „Wenn sie diesbezüglich Fragen haben, muss ich sie aber leider an unseren Pressesprecher, den Herrn Liebwein verweisen. Einen Moment bitte, ich verbinde sie."

Da Altmann Bruno Schwätzer keine Gelegenheit mehr bieten wollte, noch mehr Fragen zu stellen, stellte er das Gespräch rasch weiter. Manchmal musste man mit solchen Zeitdieben eben kurzen Prozess machen.

Kurz vor halb zwölf stand Altmann auf, lockerte die Schultern und streckte den Rücken. Dann trat ans Fenster, öffnete es und sog die kalte Luft tief in seine Lungen. Stahlgraue Wolken jagten über den blassen Himmel. Es war einer jener Tage, an denen es nicht richtig hell wurde, und die man am liebsten Zuhause - in eine warme Bettdecke eingehüllt - verbracht hätte.

Bevor sich Altmann in die Kantine aufmachte, in der freitags immer Fisch auf dem Speisplan stand, ging er den Flur entlang, blieb an der Tür mit dem Namensschild: *Julia van Martens, Diplompsychologin* stehen und klopfte an. Nach einem „Ja bitte", öffnete er einen Spaltbreit die Tür und steckte vorsichtig den Kopf hinein.

„Hallo, Frau van Martens. Ich hoffe ich störe sie nicht."

„Nein, nein, ganz und gar nicht. Kommen sie doch bitte rein und nehmen sie Platz."

Julia van Martens saß hinter ihrem Schreibtisch und sah ihn über den Rand ihrer Brille hinweg wohlwollend an.

„Bitte", sagte sie und wies mit einer einladenden Handbewegung auf den Besucherstuhl.

Altmann bedankte sich und setzte sich.

„Nur noch eine Minute", sagte sie, während sie über eine Akte gebeugt, mit flinker Hand Randnotizen anbrachte.

Altmann kam das nur gelegen, bot sich ihm doch jetzt die Gelegenheit Julia van Martens in aller Ruhe zu betrachten. Sie war wie immer tadellos gekleidet, trug einen schwarz-weiß karierten Rock mit hohen schwarzen Stiefeln und einen elfenbeinfarbenen Pulli. Um ihren Hals hing eine dicke Bernsteinkette, kombiniert mit dazu passenden Ohrringen. Sie hatte ihre brünetten Haare hochgesteckt, was ihm sehr gefiel. Für einen kurzen Moment stellte er sich vor, wie es sich anfühlen würde, in ihr Haar zu greifen und es zu öffnen.

Mit einem neckischen „Pronto" klappte sie wenig später den Aktenordner zu, stand auf, drehte sich um und stellte den Ordner in das oberste Regal ihres Büroschrankes zurück. Altmanns Blick wanderte von ihrem Nacken über den Rücken hinab zu ihrem wohlproportioniertem Po.

Dann kehrte sie an ihren Schreibtisch zurück, lächelte ihn erwartungsvoll an, und eröffnete das Gespräch:

„Herr Altmann, was kann ich für sie tun?"

„Frau van Martens, ich möchte ihre kostbare Zeit nicht unnötig lange in Anspruch nehmen", begann er und machte eine entschuldigende Geste. „Aber es geht um meinen Vater. Er ist jetzt achtundsiebzig Jahre alt und ist letztes Jahr mit mir von Frankfurt nach Passau gezogen, wo er nun im *Seniorenheim Maria-Hilf* untergebracht ist. Sie müssen wissen, dass mein Vater schon Zeit seines Lebens ein eigensinniger Mann gewesen war, der immer am liebsten direkt mit den Kopf durch die Wand gegangen ist. In letzter Zeit ist der Umgang mit ihm jedoch beständig schwieriger geworden. Er beklagt sich zum Beispiel ständig, dass ich ihn zu selten besuche, seine Mitbewohner im Seniorenheim allesamt Dummköpfe sind und dass das Essen dort ungenießbar sei. Das alles wäre ja noch nicht so schlimm, aber neulich hat man ihn in der *Stadtgaleria* beim Klauen erwischt. Nun frage ich mich, ob mein Vater nicht an Altersdemenz leidet?"

Altmann vollführte mit den Händen eine hilflose Geste.

Julia van Martens schob ihre Unterlippe leicht vor und überlegte kurz, ehe sie begann:

„Nun, ob ihr Vater wirklich an einer Demenz leidet, kann ich natürlich nicht beurteilen, das müssen die Ärzte entscheiden. Doch kann das Verhalten ihres Vaters durchaus auch andere Gründe haben. So stellt beispielsweise die Kleptomanie eine Art Ersatzbefriedigung für unterdrückte Wünsche dar. Haben sie denn ihren Vater schon mal gefragt, was er sich wünscht?"

„Natürlich habe ich das", antwortete Altmann gleichmütig, „schon Dutzendmale. Aber er weicht mir dann immer aus und sagt, dass er alles habe, was er brauche. Manchmal glaube ich, er lebt in einer total anderen Welt, zu der ich aber keinen Zugang habe."

199

„Aber sie wissen doch sicher, was er gerne macht oder welche Hobbys er hat."

„Er spielt gerne Schach und er interessiert sich für alles, was mit der Bahn zu tun hat. Früher hatte er ja viele Jahre am Frankfurter Hauptbahnhof im Stellwerk gearbeitet."

„Großartig, damit lässt sich doch schon was anfangen", sagte Julia van Martens und warf Altmann einen aufmunternden Blick zu.

„Im Heim", fuhr sie fort, „wird sich doch wohl jemand finden lassen, mit dem er Schach spielen kann. Und wo könnte er seine Leidenschaft zur Bahn besser ausleben, als in einem fahrenden Zug. Unternehmen sie einfach mit ihrem Vater einen kleinen Ausflug per Bahn. Manchmal werden vom Passauer Bahnhof sogar Sonderfahrten mit alten Dampfloks durchgeführt. Ich kann mir vorstellen, dass das ihrem Vater gefallen könnte."

„Bestimmt", pflichtete Altmann ihr kopfnickend bei. „Manchmal fehlt mir allerdings schlichtweg die Zeit, mich mehr um ihn zu kümmern. Sie wissen ja nur zu gut, dass wir hier bei der Kripo ständig personell unterbesetzt sind."

„Das mag schon sein", sagte sie mit verständnisvoller Stimme, „aber – und bitte verstehen sie mich jetzt nicht falsch – ihr Vater ist achtundsiebzig Jahre alt." Julia van Martens sah ihn einfühlsam an. „Ich möchte nur nicht, dass sie sich später Vorwürfe machen müssen."

Einige Sekunden saßen sie sich schweigend gegenüber, bis Altmann sich räusperte und sagte: „Sie haben völlig Recht. Ich danke Ihnen für ihren Rat, aber jetzt möchte ich sie nicht länger belästigen. Sie haben sicher noch was anderes zu tun."

Altmann erhob sich und schüttelte ihr zum Abschied die Hand.

„Wann gedenken sie eigentlich *ihr* Problem anzupacken?", fragte Julia van Martens, als Altmann schon auf dem Weg zur Tür war.

„Ich werde ihnen Bescheid geben, vorausgesetzt natürlich, dass ihr Angebot noch besteht."

„Aber ja doch", sagte sie mit einem Augenzwinkern. „Jederzeit."

Nachdem er in der Kantine einen Zander mit Pellkartoffeln gegessen hatte, kehrte er in sein Büro zurück und bereitete sich auf die Nachmittagsbesprechung vor.

Gegen fünfzehn Uhr trafen sich alle im Konferenzraum. Die Besprechung dauerte nicht sehr lange. Altmann berichtete, dass sie den anonymen Anrufer, der den Mordfall gemeldet hatte, ausfindig gemacht haben, dessen Befragung allerdings zu keinen neuen Erkenntnissen führte.

Wagner teilte mit, dass die europaweite Fahndung angelaufen ist, aber es noch keine Erfolge zu vermelden gab. Hinweise aus der Bevölkerung, gestand Pichler ein, waren nur wenige eingegangen. Zumeist hatten sich nur Wichtigtuer und Leute gemeldet, die scharf auf die Belohnung waren.

Engelbrecht, der nervös mit einem Kugelschreiber auf die Tischplatte klopfte, blieb die ganze Zeit über stumm. Dennoch war es Altmann nicht entgangen, wie unzufrieden sein Chef über den Stand der Ermittlung war und dass es nur eine Frage der Zeit war, bis er dies kundtat.

Kurz nach sechzehn Uhr war die Besprechung zu Ende. Man vereinbarte, sich montags früh wieder zu treffen.

Als Altmann wieder in seinem Büro war, ging er zum Fenster, öffnete es und atmete die kalte Luft tief ein. Die Sonne verschwand langsam hinter dem Dach eines Mietshauses und färbte den Himmel in pastelliges Orange.

Dann setze er sich an seinen Schreibtisch und erledigte übriggebliebenen Schreibkram. Der unausgefüllte Urlaubsantrag, den er schon längst hätte einreichen sollen, wanderte abermals ganz nach unten im Papierstapel – andere Dinge hatten jetzt Vorrang.

Es war bereits nach sieben, als er die Bürotür hinter sich abschloss und sich auf dem Nachhauseweg machte.

Nachdem er in seiner Wohnung in der Kapuzinerstraße angekommen war, duschte er sich, nahm frische Kleidung aus dem Schrank und fuhr anschließend zum Abendessen ins *Hacklberger Bräustüberl.* Später spielte er dann mit Bernreiter bis tief in die Nacht Schach. Gegen ein Uhr war er wieder zu Hause und schlief augenblicklich ein.

Samstag, der 04.Januar

Seine Lunge war bis zum Zerbersten angespannt und sein Herz pochte wie wild. Voller Panik schlug er um sich und ruderte verzweifelt mit den Armen. Vergeblich, es ist alles vergeblich. Dieses Mal schaffst du es nicht, dachte er sich voller Selbstmitleid. Dieses Mal wirst du ertrinken. Mein Gott, warum hilft mir denn niemand? Plötzlich nahm er durch die schimmernde Wasseroberfläche ein vertrautes Gesicht wahr. Es war das Gesicht seines Vaters. Aber es sah irgendwie anders aus. Plötzlich wusste er es: er hatte das Gesicht eines jungen Mannes. Während er versuchte mit all seinen Kräften an die Oberfläche zu gelangen, um endlich Luft zu holen, winkte Ihm sein Vater zu. Doch irgendetwas zog ihn unaufhaltsam in die Tiefe, in die lichtlose, eisige Tiefe...

Dann wachte Altmann auf. Verfluchte Träume, dachte er sich und stieß einen lauten Seufzer aus; warum kann ich zur Abwechslung nicht mal von was Schönem träumen? Er sah auf den Wecker. Halb fünf, draußen war es noch dunkel. Nachdem er vergeblich versucht hatte nochmals einzuschlafen, stand er auf, steckte seinen nassgeschwitzten Pyjama in die Waschmaschine und ging unter die Dusche.

Später als Altmann am Küchentisch saß und einen heißen Milchkaffee schlürfte, machte er das Radio an. Der unverwüstliche *Mike Jagger* sang ihm ein Morgenständchen:

Watching girls go passing by

It ain`t the latest thing

I`m just standing in a doorway

I`m just trying to make some sense

Out of these girls passing by

The tales they tell of men

I`m not waiting on a lady

I´m just waiting on a friend …

Gegen acht Uhr war Altmann wieder im Präsidium. Im Korridor, auf dem Weg zu seinem Büro traf er auf Katrin Grabowski.

„Guten Morgen. Hat denn der Herr Oberkommissar gut geschlafen?", begrüßte ihn Grabowski mit einem offenen Lächeln. Ihre enge Röhren-Jeans, kombiniert mit einem weißen Top und einem blauen Blazer, betonte reizvoll ihre sportliche Figur.

„Morgen Kathrin. Leider ganz und gar nicht", antwortete Altmann und verzog sein Gesicht zu einer Grimasse, „hab schlecht geträumt."

„Hoffentlich nicht von mir."

„Wenn ich von dir geträumt hätte, Katrin, dann hätte ich doch am liebsten gar nicht mehr aufwachen wollen", säuselte Altmann und legte vertrauensvoll seine Hand auf ihren Arm.

„Ach Benno, du versteht es aber Frauen Komplimente zu machen."

„Tja, zu irgendwas muss ich ja schließlich auch zu nütze sein."

„Übrigens", fuhr Grabowski fort und setzte unvermittelt ihre dienstliche Miene auf, „ein Herr Pettenkofer hatte angerufen und gesagt, dass er den Mann auf dem Foto in der Zeitung wiedererkannt hat. Er ist sich sicher, dass er ihn am ersten Weihnachtsfeiertag - zusammen mit einem anderen Mann – in der *Pizzeria Zi` Teresa* gesehen hat."

Altmann überlegte einen Moment, bevor er antwortete. „Wie ist seine Adresse?"

„Rennweg 48, in Passau-Ries."

„Gut, wir fahren hin. Kannst du in zehn Minuten unten auf dem Hof sein?", fragte Altmann.

 Grabowski nickte nur mit dem Kopf, drehte sich um und eilte zurück in ihr Büro.

Kurze Zeit später, nachdem Altmann auf dem Beifahrersitz Platz genommen hatte, lenkte Grabowski den Audi durch die Hofausfahrt hinaus auf die Nibelungenstraße. Altmann konnte den schwachen Duft ihres Parfüms wahrnehmen. Dann überlegte er, wann er das letzte Mal für eine Frau ein Parfüm gekauft hatte. Er kam nicht drauf - musste wohl schon einige Zeit her sein. Nachdenklich schaute er durch die Windschutzscheibe auf die – um diese Zeit noch wenig befahrene - Straße hinaus. Die Sonne strahlte von einem wolkenlosen Himmel und täuschte darüber hinweg, dass es klirrend kalt war. Über den Dächern der umliegenden Mietshäuser, aus deren Schornsteinen weiße Rauchfahnen emporstiegen, flog eine Schar Tauben hinweg. Sie fuhren mit dem Audi Richtung Zentrum, umrundeten den Klostergarten und bogen in die Nikolastraße ein. Dann überquerten sie die Donau auf der Schanzlbrücke, unter der sich soeben ein blütenweißes Kreuzfahrtschiff hindurch schob.

„So eine Kreuzfahrt", begann Grabowski und warf Altmann einen kurzen Blick zu, „von Passau bis hinunter ans Schwarze Meer; das wär`s doch mal."

„Ist nicht so mein Ding, Urlaub auf einem Schiff. Ich hab lieber festen Boden unter den Füßen", erwiderte Altmann und setzte ein schiefes Lächeln auf. Allein der Gedanke daran, tagelang auf einem Schiff unterwegs zu sein, jagte ihm kalte Schauer über den Rücken.

„Aber", wandte Grabowski ein, „man hat doch da die Möglichkeit zwischendurch immer wieder mal an Land zu gehen."

„Trotzdem", sagte Altmann und schüttelte den Kopf, „ich bleib dabei - aus einer Landratte kann man eben keinen Seebären machen."

Dank seiner einhundertfünfzig Pferdestärken erklomm der Audi A4 mühelos die Serpentinenstraße, welche sich steil den Rieser Berg hinauf schlängelte.

„Sag mal Katrin", setzte Altmann das Gespräch fort, „wie lange bist du eigentlich schon in Passau?"

„Knapp zwei Jahre. Du bist ja jetzt wohl auch schon über ein Jahr hier?"

„Herrgott ja, wie die Zeit vergeht."

„Hast du es jemals bereut von Frankfurt nach Passau zu ziehen."

„Keine Sekunde. Und wie war`s bei dir? Vermisst du Düsseldorf?"

„Nicht wirklich - ich hab hier alles was ich brauche. In einer Kleinstadt, finde ich, hat man doch eine bedeutend bessere Lebensqualität. Ist halt irgendwie persönlicher und entspannter als in einer Großstadt."

„Aber irgendetwas wirst du doch vermissen?"

„Na klar, ich vermisse natürlich meine Eltern und meine alten Freunde... und, " fuhr sie mit einem wehmütigen Lächeln fort, „mir fehlt der Düsseldorfer Karneval. Der hiesige Karneval ist ja an Langeweile nicht zu überbieten."

„Fasching," berichtigte Altmann. „Die Bayern feiern Fasching."

„Von mir aus, aber das macht das Ganze auch nicht besser. Aber wo wir gerade davon reden, " fügte Grabowski hinzu, „könnte ich ab Rosenmontag ein paar Tage frei nehmen, um nach Düsseldorf zu fahren?"

„Das musst du mit Engelbrecht besprechen, das fällt nicht in meinen Zuständigkeitsbereich", antwortete Altmann und machte eine hilflose Geste mit den Händen.

„So, jetzt bist aber du an der Reihe", forderte sie ihn auf. „Was vermisst du?"

Altmann überlegte einen Moment, ehe er antwortete: „Den Zoo, den Frankfurter Zoo."

Grabowski warf ihm einen fragenden Blick zu: „Und was waren da deine Lieblingstiere?"

„Die Gorillas."

„Das kann ich verstehen - die Affen sind halt unsere nächsten Verwandten im Tierreich."

„Ja, aber da war noch was anderes", fügte Altmann zögerlich hinzu. „Aber bevor ich dir das anvertraue, musst du mir versprechen, dass du mich nicht auslachst."

„Versprochen."

„Es gab da im Gorilla-Haus ein altes Männchen, so einer mit Silberrücken, der hieß Mugabe. Mugabe war der Anführer der Affenfamilie und saß die meiste Zeit direkt vorne an der Glasscheibe. Einmal konnte ich ihm dabei direkt in die Augen sehen, und hab – das kannst du mir jetzt glauben oder nicht - eine Art Seelenverwandtschaft gespürt."

Grabowski prustete und rang einen unkontrollierten Lachkrampf im letzten Moment nieder. „Sorry Benno, das war jetzt respektlos von mir. Aber ich werd`s auch bestimmt nicht an die Presse weitergeben. Obwohl du zugeben musst...", Grabowski konnte sich erneut einen Lacher nicht verkneifen, „das eine prima Schlagzeile abgeben würde: *Passauer Kriminalbeamter outet sich: Ich bin mit einem Gorilla seelenverwandt!*"

„Großartig, dann stünde ja zu meiner Beförderung zum Hauptkommissar bestimmt nichts mehr im Wege."

„Ich denke, damit würdest du dich eher für den Posten des Polizeipräsidenten qualifizieren."

Beide sahen sich kurz an und brachen gleichzeitig in schallendes Gelächter aus.

Oben auf dem Berg, dort wo sich das beliebte Passauer Ausflugslokal der *Andorfer Brauerei* befand, bogen sie rechts ab. Als Altmann die Brauereigaststätte sah, legte sich ein schmerzlicher Ausdruck über sein Gesicht. Engelbrecht hatte hier letzten Sommer seine Beförderung zum Kriminaloberrat gefeiert und hatte dazu alle Kollegen der Dienststelle eingeladen. Da Altmann den enormen Alkoholgehalt des Doppelbocks-Weizen sträflich unterschätzt hatte, konnte er sich an den Verlauf des Abends nur noch bruchstückhaft erinnern. Irgendjemand hatte ihn dann schließlich später zu Hause abgesetzt, wo er den Rest der Nacht - über die Kloschüssel gebeugt - gekotzt hatte.

„War doch ne fröhliche Sause, die Beförderungsfeier vom Chef, findest du nicht auch?", sprach Grabowski ihn an, als hätte sie seine Gedanken gelesen.

„Bitte erinnere mich nicht daran", entgegnete Altmann und raufte sich die Haare. „Ich bekomm heut noch Kopfschmerzen, wenn ich nur daran denke."

„Der Leitspruch einer unserer Ausbilder war immer: „Was euch nicht umbringt, macht euch nur noch härter!", ahmte Grabowski die harsche Stimme eines Kasernenhofschleifers nach.

„Viel hätt`s da auch nicht mehr gebraucht", sagte Altmann kleinlaut und blickte mit zusammengekniffenen Augen auf die sonnendurchflutete Winterlandschaft. Er bereute, dass er keine Sonnenbrille bei sich hatte. In der Ferne konnte Altmann die Burgruine Hals ausmachen, deren gezackte Silhouette sich mystisch aus dem Dunst des Ilztales herausschälte.

„Wie war noch gleich die Adresse?", fragte Altmann

„Rennweg 48", antwortete Grabowski. „Da vorne müsste es irgendwo sein."

Die Straße führte durch eins der vornehmsten Villenviertel von Passau. Wenig später parkten sie neben einer schwarzen Mercedes S-Klasse -Limousine in der Einfahrt der Villa und stiegen aus. So was werde ich mir in tausend Jahren nicht leisten können, dachte sich Altmann, während er sich umsah. Die - in dezenten Ockertönen gehaltene - Gründerzeitvilla, lag in einem gut gepflegten Garten, der von alten, breitkronigen Bäumen eingesäumt war. Altmann lief mit Grabowski im Schlepptau den knirschenden Kiesweg entlang, der zum Eingang führte. Kaum hatte Altmann an der Klingel gedrückt, unter der ein Messingschild mit der Inschrift:

Gottfried Pettenkofer

Seifenfabrikant

angebracht war, öffnete sich auch schon die schwere Eingangstüre. Ein weißhaariger Mann, in einen bordeauxfarbenen Morgenmantel gehüllt, sah sie misstrauisch an.

„Entschuldigen sie bitte die frühe Störung. Ich heiße Altmann und bin von der Kripo Passau", stellte sich Altmann vor und zeigte seinen Ausweis vor. „Das hier ist meine Kollegin Katrin Grabowski. Sind sie Herr Pettenkofer?"

„Ja, der bin ich. Aber kommen sie doch bitte herein ", begrüßte sie Pettenkofer mit einem wohlwollenden Lächeln. Sie betraten einen Vorraum, der - für sich allein genommen - schon größer war als Altmanns Wohnung und folgten ihm in ein geschmackvolles und elegant eingerichtetes Wohnzimmer.

„Setzen sie sich doch bitte", sagte Pettenkofer und wies mit einer einladenden Handbewegung auf ein schwarzes Ledersofa. Während sie Platz nahmen, ließ Altmann das Ambiente auf sich wirken. Exklusive Designermöbel auf Walnussholz -Parkett, gerahmte Graphiken auf altrosafarbenen Wänden – alles war stilvoll aufeinander abgestimmt.

„Darf ich ihnen einen Kaffee anbieten?" fragte Pettenkofer.

Sie nahmen dankend an, worauf Pettenkofer in einem Nebenraum verschwand, um kurze Zeit später mit einem Tablett in der Hand zurückzukehren. Er stellte das Tablett mit den zwei Kaffeetassen auf dem Couchtisch ab und setzte sich ihnen gegenüber auf einen Ledersessel.

„Bitte bedienen sie sich", sagte Pettenkofer zuvorkommend.

Altmann bedankte sich nickend und nahm einen kleinen Schluck aus seiner Tasse.

„Wir haben da ein paar Fragen an sie", begann Altmann und holte einen Notizblock hervor. „Sie waren also am 26.Dezember letzten Jahres in der *Pizzeria Zi Teresa* in der Theresienstraße und haben dort den Mann gesehen, der später ermordet wurde und dessen Foto am 27.Dezember in der *Passauer Neuen Presse* erschienen war?"

„Ja, richtig", antwortete Pettenkofer. „ Ich habe dort zusammen mit meiner Gattin Elisabeth zu Abend gegessen und, da der Mann direkt gegenüber an einem Nachbartisch saß, bin ich mir absolut sicher, dass er derjenige war."

„Das Foto erschien am 27.Dezember; heute haben wir den 4.Januar. Wieso haben sie erst jetzt Kontakt mit uns aufgenommen?" fragte Altmann.

„Wir haben den Jahreswechsel in unserem Ferienhäuschen in der Schweiz verbracht und sind erst gestern wieder heimgekehrt. Als ich dann die alten Zeitungen durchgeblättert habe, bin ich auf das Foto gestoßen."

„Sie hatten angegeben ", bohrte Altmann weiter, „dass der Mann in Begleitung eines anderen Mannes war."

Pettenkofer nickte.

„Könnte es sich um diesen Mann gehandelt haben?" fragte Altmann und zog das Phantomfoto, das in einer Klarsichthülle steckte, aus seiner Jackentasche hervor.

Während Pettenkofer seine Lesebrille hervor holte und das Foto betrachtete, betrat seine Frau den Raum und begrüßte die Beamten. Wegen ihrer hageren Gestalt, die selbst noch unter dem dicken Pullover erkennbar war, wirkte sie auf Altmann zerbrechlich wie eine Porzellanpuppe. Sie hatte ihre grauen Haare hochgesteckt, wodurch ihre aristokratischen Gesichtszüge noch besser zur Geltung kamen. Altmann konnte sich vorstellen, dass sie früher einmal eine Schönheit gewesen war.

„Kann ich ihnen noch was anbieten – ein Stück Kuchen vielleicht?", erkundigte sich Elisabeth Pettenkofer.

„Nein, danke, das ist wirklich nicht nötig", antwortete Altmann und schüttelte mit dem Kopf.

„Das könnte der Mann gewesen sein", sagte schließlich Gottfried Pettenkofer und legte das Foto auf dem Tisch ab.

„Zu welcher Zeit hielten sie sich denn in der Pizzeria auf?"

„Das muss zwischen neunzehn und zwanzig Uhr gewesen sein."

„Als sie die Pizzeria betraten, saßen da die zwei Männer schon an ihrem Tisch?"

„Ja, und sie waren auch noch dort, als wir später dann das Lokal wieder verlassen haben."

„Waren die Männer die ganze Zeit alleine oder hat sich noch jemand dazu gesellt?"

Gottfried Pettenkofer überlegte einen Moment, ehe er antwortete: „So viel ich weiß nicht."

„Ist ihnen an den Beiden irgendetwas Ungewöhnliches aufgefallen – haben sie sich vielleicht gestritten?"

„Nein, nein, die waren sogar ausgesprochen lustig."

„Haben sie denn mitbekommen, in welcher Sprache sie sich unterhielten?"

„Italienisch. Es waren Italiener. Sie müssen wissen, Herr Kommissar", fügte Pettenkofer hinzu, „dass ich als junger Mann einige Jahre in Mailand gelebt habe und somit mit der italienischen Sprache bestens vertraut bin."

Schnell wechselte Altmann einen Blick mit Grabowski. Auf *Kommissar Zufall* war wieder einmal Verlass.

„Dann ist ihnen doch mit Sicherheit auch nicht entgangen, über was sie sich unterhielten?"

Pettenkofer zögerte einen Augenblick, bevor er antwortete: „Es ist ja nicht gerade höflich und auch durchaus nicht meine Art andere Leute zu belauschen. Aber da die Zwei wohl nicht damit gerechnet haben, dass am Nebentisch jemand sitzt, der ihre Sprache versteht, führten sie eine lautstarke Unterhaltung, sodass ich mir schon die Ohren zuhalten hätte müssen, um nichts mitzubekommen."

Altmann forderte ihn mit einem Nicken auf, fortzufahren.

„Sie haben von einem guten Geschäft gesprochen, das sie gemacht hätten und dass sie sobald wie möglich wieder nach Passau kommen wollten. Aber vorher müssten sie nach Italien heimkehren. Wenn ich richtig verstanden habe, erwähnten sie in diesem Zusammenhang die Stadt Genua. Später hat dann einer von den Beiden den Anderen gebeten, ihm einen Vorschuss zu geben. Doch dieser hat geantwortet, dass er sich noch etwas gedulden sollte. Ansonsten unterhielten sie sich nur über Banalitäten und über Fußball. Sie haben hitzig darüber diskutiert, welcher nun der bessere Verein sei: der AC Milan oder Juventus Turin? Außerdem ...

„Hatten sie denn den Eindruck", unterbrach ihn Altmann, „dass die Männer in kriminelle Geschäfte verwickelt waren?"

„Nein, wieso sollte ich." Pettenkofer schüttelte nachdenklich den Kopf. „Ich habe ja selbst des Öfteren mit Italienern geschäftlich zu tun und ich kann über die nichts Schlechtes sagen."

„Nun gut, vorerst habe ich keine weiteren Fragen. Sollte ihnen noch was einfallen, geben sie uns bitte Bescheid. Und vielen Dank für den Kaffee."

Altmann und Grabowski erhoben sich und verabschiedeten sich.

Kurze Zeit später saßen sie im Auto und fuhren zurück ins Präsidium.

„Muss ganz schön was abwerfen, so eine Seifenfabrikation", bemerkte Altmann.

„Laut einer Statistik", führte Grabowski an, „die ich erst kürzlich gelesen habe, geben die Deutschen jährlich mehr als zwölf Milliarden Euro für Körperpflege aus."

„Tja, da bin ich wohl nicht gerade repräsentativ. Bei mir hätte sich der eine oder andere Seifen - oder Bodylotion-Fabrikant bestimmt schon von der Brücke gestürzt. Wenn`s hoch herkommt, geb ich für Köperpflege an die zwanzig Euro im Monat aus."

„Das ist jetzt nicht dein Ernst, oder?" Grabowski warf Altmann einen ungläubigen Blick zu.

„Was braucht ein Mann schon viel, um gepflegt zu sein", fuhr Altmann fort und zählte an den Fingern ab: Zahnbürste, Zahnpasta, Duschgel, Haarshampoo, Deodorant, Rasierschaum, Rasierklingen, ein bisschen Hautcreme und ein paar Spritzer Rasierwasser, das war`s! Und das kauf ich alles beim ALDI um die Ecke. Bin ja deswegen auch kein Schmutzfink oder wie sich Stone vermutlich ausdrücken würde: *ein Saubär*."

„Ach, ihr Männer seid`s schon zu beneiden", stellte Grabowski mit einem tiefen Seufzer fest.

Um halb zwölf waren sie wieder im Präsidium und gingen in die Kantine. Während sie das Tagesgericht verspeisten – *Züricher Geschnetzeltes* - wies Altmann Grabowski an, später noch ins *Zi Teresa* zu fahren, um das Personal zu befragen, ob sie sich an die zwei Männer erinnern konnten. Anschließend verschanzte sich Altmann in seinem Büro und erledigte liegengebliebenen Schreibkram.

Als er das erste Mal wieder auf die Uhr sah, war es bereits 16Uhr25. „Verdammt!", fluchte er. Fast hätte er vergessen seinen Bruder vom Bahnhof abzuholen. Er griff nach seiner Jacke und verließ fluchtartig sein Büro. Um 16Uhr40 stand er am Bahnsteig. Auf der Anzeigetafel erschien eine Meldung, dass der ICE aus Stuttgart circa 20 Minuten Verspätung hatte. Gut, dass man sich in dieser Hinsicht auf die Deutsche Bahn verlassen konnte, dachte er sich erleichtert. Zehn Minuten später fuhr der Hochgeschwindigkeitszug mit metallisch-quietschenden Bremsen im Bahnhof ein. Kaum war der Zug zum Stehen gekommen, öffneten sich die Türen und Sebastian Altmann sprang - mit einem kleinen Trolley in der rechten Hand – heraus. Sebastian war die jüngere Ausgabe von Benno Altmann: die gleichen flachsblonden Haare, die gleichen blauen Augen und das gleiche markante Kinn.

„Hallo, Bruderherz! Alles klar?" rief Sebastian schon von weitem.

Die Brüder umarmten sich und klopften sich heftig auf die Schulter.

„Gut siehst du aus", sagte Benno Altmann. „Und wie braun du bist."

„Sechs Wochen Saudi-Arabien; sechs Wochen Sonne satt, aber auch sechs Wochen keinen Tropfen Alkohol und sechs Wochen Frauen, die von Kopf bis Fuß in schwarze Burkas gehüllt sind", räumte Sebastian ein und grinste übers ganze Gesicht.

Sie durchschritten die Bahnhofshalle und traten auf dem Vorplatz hinaus, wo Benno Altmann seinen BMW abgestellt hatte. Er schloss das Auto auf und verstaute den Trolley im Kofferraum.

„Deinem alten BMW hast du wohl ewige Treue geschworen?", stellte Sebastian fest, als er sich in den Beifahrersitz sinken ließ.

„Bis dass der TÜV uns scheidet", entgegnete Benno Altmann mit feierlicher Pastorenstimme.

„Weist du, was ein Liter Benzin in Saudi-Arabien kostet?", fragte Sebastian.

„Keine Ahnung."

„Na, rate doch mal."

„Dreißig Cent?"

„Acht Cent! Stell dir vor, dort kannst du für umgerechnet sechs Euro volltanken. Das haut einen doch aus den Socken, oder?"

„Dafür sind bei uns die Frauen ansehnlicher und das Bier ist billiger. So was nennt man dann wohl ausgleichende Gerechtigkeit."

Benno Altmann drehte den Zündschlüssel um, der Dreiliter-Sechszylinder–Motor erwachte zum Leben und genehmigte sich sogleich einen kräftigen Schluck vom guten Super-Plus- Benzin, den Liter für 1 Euro 65 Cent. Bevor Benno Altmann sein Auto ins Rollen brachte, schob er eine *Pink Floyd-CD* in den Player:

We don't need no education

we don't need no thought control

no dark sarcasm in the class room

teacher leave them kids alone

Hey teacher leave them kids alone

all in all it's just another brick in the wall

all in all you're just another brick in the wall …

„Dein Musikgeschmack hat sich seit den Achtzigern auch nicht gerade weiterentwickelt", bemerkte Sebastian, während er das CD-Cover betrachtete.

„Tja, die *80er*", sagte Benno Altmann mit sentimentalem Gesichtsausdruck. „Das war die beste Zeit in meinem Leben."

„Da bin ich anders gestrickt", hielt Sebastian entgegen und legte das CD-Cover in das Handschuhfach. „Ich bin keiner, der nostalgischen Gefühlen lange nachhängt und die Vergangenheit verklärt. Es ist doch so: wenn man zurückblickt, erscheint einem nur deswegen Alles im rosigen Licht, weil man sich meist nur an die schönen Sachen erinnert. Darum plädiere ich: Schaue nicht mit

Wehmut zurück, sondern richte deinen Blick nach vorne und sage dir, dass das Beste noch vor dir liegt."

„Du hättest Philosoph und nicht Bauingenieur werden sollen."

„Das eine muss doch das andere nicht ausschließen. Weißt du, wenn man sechs Wochen in der arabischen Wüste rumhängt, hat man verdammt viel Zeit zum Nachdenken."

Der BMW setzte sich in Bewegung, glitt sanft über den Europaplatz, fädelte sich in den fließenden Verkehr der Bahnhofstraße ein und brachte die Brüder schließlich hinüber in die Innstadt zur Kapuzinerstraße Nr. 63.

Abends lud Benno Altmann seinen Bruder ins *ScharfrichterHaus* in der Milchgasse ein. Nebst einem Restaurant und einem kleinen Programm-Kino, war in dem Haus auch ein Café mit Kleinkunstbühne untergebracht. Das „*Scharfrichter*" genoss in der Kabarettszene einen guten Ruf, weil auf dessen Bühne Bruno Jonas, Sigi

Zimmerschied und Ottfried Fischer ihre ersten Auftritte hatten. Den alljährlichen Höhepunkt bildeten die *Passauer Kabaretttage,* bei denen am Ende das *ScharfrichterBeil* an den besten Nachwuchskabarettisten verliehen wurde.

Um in das Restaurant zu gelangen, gingen die Brüder zuerst durch einen Innenhof und stiegen anschließend in ein gotisches Kellergewölbe hinab, das früher einmal als Gefängnis gedient hatte. Trotz dieser düsteren Vergangenheit war es - mit Hilfe von Wandstrahlern, die den Raum goldgelb ausleuchteten – gelungen eine behagliche, warme Atmosphäre zu schaffen. Jazzmusik, die von oben aus dem Café drang und großformatige, expressionistische Gemälde an den Wänden unterstrichen das künstlerische Ambiente. Die Brüder ließen sich an einem der rustikalen Holztische nieder, aßen Wiener Schnitzel mit Petersilienkartoffeln und tranken dazu *Salzburger Stieglbier.*

„Erzähl schon", begann Sebastian. „Was gibt`s Neues?"

„Unser alter Herr wird von Tag zu Tag schwieriger", sagte Benno Altmann mit besorgtem Gesicht.

„Wieso?"

„Neulich hatte er in einem Drogerie-Markt einen Einweg-Rasierer eingesteckt und wurde dabei erwischt."

„Unser Paps klaut?" Sebastian sah seinen Bruder mit großen, erstaunten Augen an.

„Was meinst du, wie blöd ich jetzt vor meinen Kollegen dastehe, mit einem Dieb als Vater." Benno Altmann machte eine hilflose Handbewegung.

„Ist er denn angezeigt worden?"

„Nein, der Manager der *Stadtgaleria* hatte zwar die Kollegen von der Streife hinzugezogen, war aber dann so kulant, dass er auf eine Anzeige verzichtet hatte. Da aber ein Protokoll erstellt werden musste, konnte man die Sache dennoch nicht ganz unter den Teppich kehren."

„Glaubst du, dass er ein Kleptomane ist?"

„Keine Ahnung. Ich weiß ja noch nicht mal, ob es das erste Mal war, dass er was gestohlen hat. Es ist ja so gut wie unmöglich aus ihm was raus zu bekommen. Manchmal kommt er mir vor wie ein ungezogenes, störrisches Kind."

„Ich hab mal gelesen, dass die Kleptomanie eine Art Ersatzbefriedigung für unterdrückte Wünsche darstellt."

„Genau das Gleiche hat auch unsere Polizei-Psychologin gesagt. Aber wie läuft`s denn in der Arbeit", versuchte Benno Altmann das Thema zu wechseln.

„Ich bin echt froh, dass wir da unten in Saudi-Arabien endlich fertig geworden sind." Sebastian machte eine verächtliche Handbewegung. „Du musst wissen, für die Saudis sind wir zwar nützlich, aber trotz alledem lassen sie dich spüren, dass du nur ein „Ungläubiger", ein „Mensch zweiter Klasse" bist."

„Bei welchem Projekt warst du da beschäftigt?"

„Wir waren beim Bau einer Bahntrasse für Hochgeschwindigkeitszüge, die quer durch die Wüste von Mekka nach Medina führt, beteiligt. Die meiste Zeit befindest du dich da im absoluten Nirgendwo und das Einzige, was du in deiner Freizeit unternehmen kannst, ist, einen Ausflug in eine Oase oder ans Rote Meer zu machen."

„Mit den ganzen Überstunden und Auslandszulagen wirst du doch sicher ganz ordentlich verdient haben dabei, oder?"

Statt einer Antwort erhielt Benno Altmann nur ein vielsagendes Lächeln von Sebastian.

„Schon gut, Bruderherz, du bist heute eingeladen", sagte schließlich Sebastian und winkte die Bedienung herbei, um eine Flasche *Kamptaler Grünen Veltliner* zu ordern.

„Aber erzähl doch mal ein bisschen von deiner Arbeit. Hast du schon sämtliche Passauer Gauner *„hinter Schloß und Riegel"* gebracht?", fragte Sebastian.

Benno Altmann schüttelte den Kopf.

„Einige laufen schon noch frei rum. Ganz in der Nähe von hier wurde am ersten Weihnachtsfeiertag ein junger Mann erstochen und der Mörder ist immer noch auf *„freien Fuß"*. Ich leite dazu die Ermittlungen und mein Chef wird von Tag zu Tag nervöser, weil der Fall immer noch nicht abgeschlossen ist."

„Gibt`s denn schon sowas, wie eine „heiße Spur"?"

„Wir wissen nur so viel, dass das Opfer, sowie auch der Täter mit ziemlicher Sicherheit aus Italien stammen."

„Schlimme Sache", sagte Sebastian nachdenklich. „Man kann sich ja heutzutage nirgends mehr sicher fühlen."

„Aber lass uns doch über Erfreulicheres reden. Was tut sich bei dir so „in Sachen Liebe"?", fragte Benno Altmann und prostete Sebastian mit einem vollen Weinglas zu.

„Weißt du, bei meinem Nomadenleben, das ich momentan führe, ist es schwierig eine feste Beziehung zu führen. Brauchst dir aber deswegen um mich keine Sorgen zu machen, es ist noch kein sexueller Notstand ausgebrochen. Es gibt da eine Frau in Stuttgart, die sich ab und zu meiner Einsamkeit annimmt."

Sebastian nahm die Weinflasche in die Hand und füllte nach. Beide erhoben die Gläser und nahmen einen großen Schluck. Benno Altmann merkte, dass der Wein ihm langsam zu Kopf stieg.

„Hast du eigentlich noch Kontakt zu Amanda?", fragte Sebastian.

„Sporadisch", antwortete Altmann mit einem schiefen Lächeln. „Sie lässt auch nur immer dann von sich hören, wenn sie mal wieder mehr Geld braucht."

„Wie geht`s Caroline?"

„Soweit ich das von hier aus beurteilen kann, ganz gut. In zwei Monaten hat sie ihren sechsten Geburtstag."

„Vermisst du sie?"

„Natürlich. Aber, wenn ich weiß, dass es ihr gut geht, geht´s auch mir gut."

„Und wie sieht`s mit *deinem* aktuellen Liebesleben aus?"

Benno Altmann trank sein Glas aus, ehe er antwortete. „Es gibt da eine Frau, bei der ich mir durchaus vorstellen kann, dass daraus mehr werden könnte." Er dachte dabei an Julia van Martens und einen kurzen Augenblick wurde er von einer Woge Glückseligkeit getragen.

„Ist aber noch zu früh darüber zu sprechen", fuhr er fort. „Da ist noch nichts in *trockenen Tüchern*."

Nachdem Sebastian gezahlt hatte, stiegen sie die Treppe hinauf und ließen den Abend im Café bei einem *Sauvignon Blanc* ausklingen. Eine fünfköpfige Jazzband spielte einen alten *Miles Davis Song*:

Hues of blues and greens surround me

Knowing you have found another love
Has turned me world to sorrow

Green with envy for another
Fearing she may be the one to soar
Through life with you, can't lose …

Kurz vor Mitternacht bestellten sie sich ein Taxi und ließen sich in der Kapuzinerstraße Nr. 63 absetzen. Wankend waren sie in Benno Altmanns Wohnung hinaufgegangen, legten sich aufs Bett und waren wenig später eingeschlummert.

Sonntag, der 05.Januar

Benno Altmann wachte mit einem gewaltigen Brummschädel auf. Das eine oder andere Glas Wein hätte er sich lieber sparen sollen. Neben ihm im Bett lag sein Bruder und schnarchte. Er stupste Sebastian an, der sich wie eine Mumie in seine Bettdecke eingewickelt hatte, worauf sich dieser nur grunzend umdrehte und weiter schnarchte.

Benno Altmann streckte sich mit knackenden Gelenken und warf einen Blick auf den Wecker. Es war kurz vor acht. Dann schlug er die Bettdecke zurück, setzte mühsam seine Füße auf den Boden und tapste ins Badezimmer. Nachdem er zwei Aspirin geschluckt hatte, stellte er sich unter die Dusche und ließ abwechselnd heißes und kaltes Wasser über seinen muskulösen Körper laufen.

Später kochte er Kaffee und bereitete das Frühstück vor. Anschließend legte er eine LP von *Tears for Fears* auf, drehte die Lautstärke hoch und unternahm einen zweiten Versuch seinen Bruder zu wecken:

Shout

Shout

Let it all out

These are the things I can do without

Come On

I'm talking to you

Come on …

Nach dem Frühstück fuhren sie zu ihrem Vater ins Altenheim. Er war sichtlich erfreut über ihren Besuch. Sie gingen in den Gesellschaftsraum und spielten eine Weile Karten. Später fuhren sie ins *INN Bräu* und aßen zu Mittag. Die ganze Zeit über herrschte eine angenehme, entspannte Atmosphäre und sie lachten viel. Ihr Vater war regelrecht in Plauderlaune und gab einige Anekdoten aus seinem Eisenbahnerleben zum Besten. Dennoch traute Benno Altmann dem Frieden nicht ganz, wusste er doch, dass die Laune seines Vaters manchmal so schnell wechseln konnte, wie das Wetter im April.

Nachmittags machten sie noch rund um den Maria-Hilf-Berg einen kleinen Spaziergang. Obwohl es windstill war und die Sonne schien, kroch die Kälte unter Benno Altmanns Wintermantel. Er zog sich die Strickmütze tief ins Gesicht und schlug den Mantelkragen hoch. Seine Wangen waren rot gefärbt, wie überreife Pfirsiche.

An einem Aussichtspunkt verweilten sie kurz und blickten auf die wundervoll verschneite Passauer Altstadt, die wie das Bild einer Postkarte unter ihnen lag und sich bereitwillig für Touristen als Fotomotiv darbot. Ein kleines Ausflugsschiff, auf dessen Oberdeck einige unverdrossene Passagiere dem kalten Wetter trotzten, setzte auf dem Inn zu einem Wendemanöver an und wirbelte weiße Schaumkronen auf.

Dann kehrten sie eilig ins Altenheim zurück und wärmten sich bei Kaffee und Schwarzwälder Kirschtorte auf.

Spätabends brachte Benno Altmann seinen Bruder wieder zum Bahnhof, wo dieser um 20Uhr48 in den ICE München-Stuttgart-Basel einstieg. Benno Altmann stand noch einige Zeit am Bahnsteig und blickte den abfahrenden Zug hinterher, bis die roten Rücklichter in der Dunkelheit der Nacht verschwanden.

Just in dem Moment als Altmann in seinem BMW den Zündschlüssel umdrehen wollte, klingelte sein Handy.

„Altmann", meldete er sich.

„Hallo, Herr Altmann, hier ist Alina Petrowa aus dem *Cubana!*" Im Hintergrund hörte man laute Musik und Stimmengewirr.

„Hallo", erwiderte Altmann.

„Er ist wieder da!"

„Wer?"

„Na, der Mann, nachdem sie suchen! Er ist hier im *Cubana*! Er sitzt an der Bar!"

Altmann spürte, wie ein Adrenalinstoß durch seinen Körper jagte.

„Unternehmen sie nichts! Ich komme!"

Altmann startete den Motor, gab Vollgas und preschte mit durchdrehenden Reifen davon.

Keine fünf Minuten später zweigte er nach links in die *Roßtränke* ab und brachte den BMW direkt am Eingang des *Cubanas* mit einer Vollbremsung zum Stehen. Er sprang aus dem Auto, öffnete den Kofferraum, nahm die Seitenverkleidung ab und holte seine Dienstwaffe – eine *HK P7* – aus einem Versteck hervor. Natürlich wusste Altmann, dass es streng untersagt war seine Dienstwaffe im Privatauto zu deponieren und er damit riskierte ein Disziplinarverfahren aufgebrummt zu bekommen. Doch seit er vor zwei Jahren hilflos mit ansehen musste, wie ein Freund, mit dem er gerade im Frankfurter Amüsierviertel Sachsenhausen eine Kneipe verlassen hatte, unversehens von einem Drogenjunkie angeschossen wurde und dabei fast verblutet wäre, hatte er es sich zur Angewohnheit gemacht, seine Dienstpistole - auch privat - stets in greifbarer Nähe zu haben.

Als er die Waffe entsicherte und das metallische Knacken vernahm, fühlte er wie eine neue Welle Adrenalin seine Blutbahnen durchströmte. Dann steckte er die *P7* in seine Manteltasche und ging in die Musik Bar. Dort blieb er ein paar Sekunden neben dem Eingang stehen und wartete, bis sich seine Augen an das Schummerlicht gewöhnt hatten. In der Bar, in der buntes, psychedelisches Licht an den Wänden zuckte und wummernde Bässe aus den Boxen drangen, herrschte eine drangvolle Enge. Er bahnte

238

sich einen Weg durch das lärmende Party-Volk, bis er schließlich Alina Petrowa im hinteren Teil der Bar entdeckte.

„Hallo!", begrüßte er sie.

„Hallo!", erwiderte sie seinen Gruß und verzog die grellrot geschminkten Lippen zu einem Lächeln.

Sie warf ihm einen verschwörerischen Blick zu, stellte sich auf die Zehenspitzen und rief ihm ins Ohr: „Er ist im vorderen Bereich an der Theke!"

Altmann bedankte sich mit einem Nicken und schob sich an grölenden Studenten vorbei, Richtung Ausgang. Dann sah er am Thekenende einen jungen Mann mit einem Cocktail-Glas in der Hand, auf den die Beschreibung passte: kurzes, schwarzes Haar, mittlere Statur, südländische Gesichtszüge. Bevor Altmann auf den Mann zuging, holte er mit der linken Hand seinen Dienstausweis hervor und schob gleichzeitig seine rechte Hand in die Manteltasche, wo er das glatte, kühle Metall seiner *P7* fühlen konnte. Dann trat er seitlich an den Mann heran und hielt ihm seinen Dienstausweis unter die Nase.

„Kriminalpolizei. Bitte folgen sie mir nach draußen", forderte Altmann ihn auf und wies mit dem Kopf zum Ausgang.

Der junge Mann sah Altmann sekundenlang mit großen, fragenden Augen an, zuckte dann schließlich ergeben mit den Schultern und ging mit ihm vor die Tür.

Dort packte ihn Altmann unsanft am Kragen seiner Lederjacke, drückte ihn gegen die Hauswand und durchsuchte seine Taschen. Gerade als Altmann die Geldbörse des Mannes an sich nehmen wollte, näherte sich einer der drei Halbstarken, die rauchend vorm Eingang der Bar herumlungerten und stellte ihn zur Rede: „Hey Mann, was soll das werden?"

„Zieh Leine, du Depp!", zischte ihn Altmann an. „Ich bin Polizist!"

Diesen kurzen, unachtsamen Moment nutzte der Festgenommene aus, drehte sich blitzschnell um, versetzte Altmann einen Faustschlag ins Gesicht und rannte weg. Während Altmann sich benommen an der Hauswand abstützte, sah er, wie der Mann die Roßtränke hinauf lief.

„Halt, stehen bleiben oder ich schieße!", rief er, so laut er konnte, dem Flüchtenden hinterher und feuerte mit der *P7* einen Warnschuss in die Luft. Doch kaltschnäuzig, ohne sich auch nur einmal umzudrehen, setzte der Mann seine Flucht fort.

„Verdammt! Verdammte Scheiße nochmal", fluchte Altmann und wischte sich mit dem Handrücken Blut von der Unterlippe.

Dann zog er sein Handy aus der Hosentasche und drückte die Kurzwahltaste für das Präsidium. Polizeimeister Obermüller nahm den Anruf entgegen.

„Hör zu, Obermüller, hier ist Altmann. Ich steh hier vorm *Cubana* in der Roßtränke. Ein Mordverdächtiger ist von hier aus Richtung Paulusbogen geflohen. Er ist mit einer schwarzen Lederjacke, einem roten Hemd und Blue-Jeans bekleidet. Schicke sofort alle verfügbaren Kräfte her und fordere einen Polizeihubschrauber an. Du weißt schon, das volle Programm. Wir müssen die Altstadt komplett abriegeln - da darf keine Maus mehr durchkommen. Hast du verstanden, Obermüller?"

„Ja, ich habe verstanden", meldete sich Obermüller. „Ich werde sofort alles veranlassen."

„Gut", sagte Altmann, während er sich mit einem Taschentuch Blut von der aufgeplatzten Lippe tupfte. „Ich nehme die Verfolgung auf. Ende."

Altmann klappte sein Handy zu, sprang in den BMW, drehte den Zündschlüssel um und drückte das Gaspedal bis zum Anschlag. Der Sechszylinder heulte auf und der BMW machte einen beherzten Satz nach vorne. Altmann raste mit Vollgas die enge Straße entlang. Ein Spaziergänger, der gerade die Straße überqueren wollte, wich erschrocken zurück und zeigte ihm lauthals fluchend einen Vogel. Altmann machte nur eine fahrige Handbewegung, preschte mit unverminderter Geschwindigkeit den Rindermarkt hinauf und durchfuhr mit laut dröhnendem Motor den Paulusbogen. An der St.-Paul-Kirche und dem Landratsamtsgebäude vorbei bog er scharf nach rechts in den Domplatz ein. Dann umrundete er langsam den Platz und hielt nach dem Mann Ausschau, doch ohne Erfolg.

„Verflucht noch mal, wo ist dieser Dreckskerl nur?", fragte sich Altmann genervt und schlug mit der Faust auf das Lenkrad.

Doch wusste Altmann nur zu gut, dass es in der Passauer Altstadt mit ihren zahlreichen, verwinkelten Gässchen, kein allzu großes Kunststück war, unterzutauchen.

Schließlich setzte er unterhalb des Domes seine Verfolgungsjagd über holpriges Kopfsteinpflaster fort. Keine hundert Meter weiter, dort wo die Große Messergasse in den Residenzplatz mündete, gab es allerdings kein Durchkommen mehr. Auf dem Platz wurde die Perchtennacht - die Nacht vor dem Dreikönigstag – gefeiert und die Leute drängten sich dicht an dicht, um dem schaurigen Treiben beizuwohnen.

Altmann stellte das Auto ab und nahm zu Fuß die Verfolgung auf. Er bahnte sich einen Weg durch die Menge, halblaute Entschuldigungen vor sich hinmurmelnd und erreichte schließlich den Wittelsbacher-Brunnen, von wo aus er - aus erhöhter Position - den Platz überblicken konnte. Altmann sah auf eine Horde finsterer Gestalten mit Teufelsmasken und zottigen Fellen hinab, die johlend über bengalisches Feuer sprangen. Mit infernalischem Lärm versuchten sie die Dämonen des alten Jahres auszutreiben. Von Trommeln, Kuhglocken und Teufelsgeigen begleitet, stimmten drei bucklige, runzlige Hexen ein Rauhnachtslied an:

„Heit is Rauhnacht!

Wer hots aufbracht?

A oida Mo,

hot a rote Hosn o

is über d'Stiang obikrocha,

hot si d'Händ und d'Füaß o'brocha ..."

Plötzlich entdeckte Altmann den Mann. Er lief am Rande des Platzes, unterhalb der *Bilancia d'Oro,* in die schmale Zinngießergasse hinein, wo er augenblicklich von der Dunkelheit verschluckt wurde. Von einem neuerlichen Adrenalinstoß angestachelt, schob Altmann die umstehenden Leute rücksichtslos zur Seite und verfolgte ihn weiter. Einen Teufel mit hässlicher Fratze und langen Hörnern, der ihm den Weg versperrte, stieß Altmann weg, so dass dieser in einen Glühwein-Stand fiel, woraufhin sich zwanzig Liter Glühwein dampfend über den Asphalt verteilten.

„Kreuzsacklzement! I glaub euch brennt da Huat!", fluchte der Standbesitzer aus Leibeskräften und fuchtelte wild mit seinen Armen.

Ein anderer Teufel, der hinzugekommen war, packte Altmann an der Schulter, wirbelte ihn herum und rammte ihm den Ellenbogen in die Rippen. Altmann krümmte sich vor Schmerz und stöhnte laut auf. Nachdem Altmann ein paar Mal tief durchgeatmet hatte, richtete er sich wieder auf und schnauzte ihn wütend an:

„Sieh bloß zu, dass du Land gewinnst, du haariges Pelzviech! Ich bin von der Polizei!"

Unbeeindruckt von dem Chaos, das um ihn entstanden war, setzte Altmann die Verfolgung fort. Mit der *P7* in der rechten Hand lief er die von nur wenigen Lampen erhellte Zinngießergasse hinunter. Seine Schritte hallten durch die menschenleere Gasse und er konnte spüren, wie sein Herz pochte. Als er in der Klaftergasse ankam, hielt er kurz inne, weil er unschlüssig war, welche Richtung er nun einschlagen sollte. Schließlich nahm er den rechten Weg, der - vorbei am Herberstein-Palais, in dem das Amtsgericht untergebracht war – zum Inn hinab führte. Keine zwei Minuten später erreichte er den Fluss. Der dunkle, kalte Inn, der sich reißend an ihm vorbeischob, ließ ihn erschauern. Das gelbliche Licht, das die Laternen der Strandpromenade auf die Wasseroberfläche warfen, machte die Sache für ihn auch nicht besser. Doch es gelang ihm durch die Aussicht auf den bevorstehenden

Abschluss der Mordermittlung seine Angst zu unterbinden und er wurde von neuer Tatkraft gepackt. Angestrengt suchte er mit zusammen gekniffenen Augen den Innkai ab, der zur Altstadt hin, von einer hohen Steinmauer eingefasst war. Aber der Mann blieb verschwunden.

Scheiße, dachte Altmann. Verdammte Scheiße, er ist mir durch die Lappen gegangen.

Als er schon umkehren wollte, sah er unverhofft aus den Augenwinkeln eine dunkle Gestalt, die auf den Schaiblingsturm zu rannte. Wie ein Bluthund, der eine frische Fährte aufgenommen hatte, setzte Altmann seine Hatz fort. Er lief so schnell er konnte. Sein Herz schlug wie ein Kolben in seiner Brust und seine Lunge gab rasselnde Geräusche von sich. Jetzt sah er den Mann deutlich vor sich. Altmann war keine dreißig Meter hinter ihm. An dem Schaiblingsturm, der auf einem Felsen erbaut in den Inn hineinragte, führte nur ein schmaler Weg durch einen Torbogen hindurch. Von der anderen Seite näherten sich zwei Kollegen – mit Pistolen und Taschenlampen bewaffnet – und schnitten ihm den Weg ab. Dann ging alles sehr schnell. Der Mann, der Altmann zuvor angestarrt hatte wie ein waidwundes Tier, das in die Enge getrieben worden war, zog plötzlich eine Pistole hervor. Geistesgegenwärtig duckte sich Altmann. Der Mann gab zwei Schüsse auf ihn ab. Eine Kugel schlug nur wenige Zentimeter von Altmanns Kopf entfernt in die Mauer hinter ihm ein. Die andere Kugel traf ihn an der linken Schulter. Ein stechender Schmerz jagte durch seinen Körper. Durch den Aufprall verlor Altmann das Gleichgewicht und fiel kopfüber in die dunklen Fluten des Inns.

Das Wasser war kalt, eisig kalt. Es war, als würden sich tausend kleine Nadeln in seinen Körper bohren. Sein Mantel, der sich mit Wasser vollsog, wurde von Sekunde zu Sekunde schwerer und hinderte ihn daran, an die Oberfläche zurück zu kehren. Die Dunkelheit und die Kälte verwirrten seine Sinne, er wusste nicht mehr, wo oben und unten war. Er sah tanzende Sterne vor seinen Augen und fühlte wie sein Blut in den Adern pulsierte. In seiner Lunge machte sich ein brennender Schmerz breit – sein ganzer Körper gierte nach Sauerstoff. Panik stieg in ihm auf. In letztem Moment gelang es ihm schließlich doch noch den Mantel abzustreifen. Japsend stieß sein Kopf empor, und er schnappte laut prustend nach Luft. Durch die starke Strömung war er schon weit abgetrieben. Er konnte schemenhaft die Ortsspitze erkennen, dort wo sich Inn und Donau trafen.

Er wusste nicht mehr, wie lange er schon im Wasser trieb. In seinem Kopf wirbelten unklare Gedanken. War´s das jetzt? fragte er sich. Muss ich mit gerademal dreiundvierzig Jahren schon den Löffel abgeben? Wie gerne würde ich noch ein letztes Mal meine kleine Prinzessin in den Arm nehmen. Caroline, Caroline ... wirst du deinen Papa vermissen? Und Julia ... Julia van Martens. Er hatte doch vorgehabt, mit ihr eine Donauschifffahrt zu unternehmen. Er hätte, weiß Gott was dafür gegeben nur einmal ihren roten Mund zu küssen. Aber jetzt war es zu spät. Er würde als Wasserleiche enden. In Frankfurt musste er ein paar Mal zusehen, wie stinkende, aufgedunsene Tote aus dem Main gefischt wurden. Wahrlich kein schöner Anblick.

Doch er wollte in seinen letzten Lebensminuten an etwas Schönes, an etwas Tröstliches denken. An Musik zum Beispiel, an Musik der 80er.

Es war ihm ein Rätsel, warum ihm ausgerechnet dieses Lied in den Sinn kam. Ein Lied von dem Pop – Duo *Modern Talking,* die er doch immer voll peinlich fand und mit seiner Art von Musikverständnis so absolut gar nichts zu tun hatten. Aber irgendwie hatte sich wohl dieser Song vor langer Zeit in seinem Gehirn eingenistet, so wie sich ein Virus auf eine Computerfestplatte einschlich und hatte nur auf eine passende Gelegenheit gewartet, um erbarmungslos zu zuschlagen:

Deep in my heart, there's a fire, a burning heart
Deep in my heart, there's desire for a start
I'm dying in emotion
It's my world in fantasy
I'm living in my, living in my dreams
You're my heart, you're my soul …

Nein, verdammt noch mal. So will ich auf keinen Fall abtreten – mit einer Popschnulze im Ohr, dachte sich Altmann verbittert. Dies wäre einfach nur erbärmlich und seiner nicht würdig gewesen.

Verzweifelt versuchte er gegen die Müdigkeit und die drohende Ohnmacht anzukämpfen.

Eigentlich sollte doch jetzt - kurz vor meinem Tod - mein ganzes Leben noch einmal im Schnelldurchlauf an mir vorbeiziehen, sinnierte Altmann. Aber vermutlich war es besser so. Wieso unnötig alte Wunden aufreißen?

Das Letzte, was er wahrnahm, war ein Licht – ein helles, gleißendes Licht.

Epilog

Samstag der 11.Januar

Am Anfang war alles weiß und flauschig, wie in Watte gepackt – ein Meer aus Watte. Das muss der Himmel sein, dachte sich Altmann, als er langsam wieder das Bewusstsein erlangte. Verschwommen nahm er seine Umgebung wahr: ein Bett mit strahlend weißem Laken, drum herum piepsende Apparaturen mit Schläuchen und Kabeln, ein Fernseher an der Wand.

Er war gar nicht im Himmel, er befand sich in einem Krankenhauszimmer.

Da bin ich dem Teufel ja doch noch von der Schippe gesprungen, dachte er sich verblüfft und erleichtert zugleich.

Dann versuchte er sich im Bett aufzurichten, wurde aber von einem pulsierenden Schmerz, der von seiner linken Schulter ausging wieder zurückgeworfen. Nur bruchstückhaft konnte er sich erinnern, was geschehen war: springende Teufel - die Verfolgungsjagd – ein Schuss aus einer Pistole – ein stechender Schmerz - eiskaltes Wasser – ein helles Licht...

Plötzlich ging die Tür auf und eine Krankenschwester kam herein. Altmann schätze sie auf Anfang dreißig. Sie hatte ein schönes, ebenmäßiges Gesicht, das von langen blonden Haaren eingerahmt war. Altmann konnte erkennen, dass sich unter ihrem weißen Schwesternkittel eine weibliche Figur mit üppigen Rundungen verbarg.

„Guten Morgen, Herr Altmann", begrüßte sie ihn mit einem aufmunternden Lächeln. „Ich bin die Schwester Hildegard. Wie ich sehe, sind sie wieder unter den Lebenden."

„Guten Morgen, liebe Schwester Hildegard", erwiderte Altmann und rang sich trotz Schmerzen ein Lächeln ab. „Tja, eigentlich schade. Wo ich doch gedacht habe, dass ich schon im Himmel bin und sie ein Engel wären."

„Nein, nein, der Himmel muss sich schon noch etwas gedulden. Sie werden hier auf Erden schließlich noch dringend gebraucht. Aber jetzt müssen`s erst mal wieder richtig g`sund werden."

„Wie lange bin ich denn schon hier?"

„Vor sechs Tagen hat man sie eingeliefert – mehr tot als lebendig. Sie hatten durch die Schussverletzung viel Blut verloren und waren stark unterkühlt. Nach einer Notoperation, bei der man die Kugel entfernt hatte, hat man sie dann ins künstliche Koma versetzt."

„Hat man denn den Kerl geschnappt, der mir die Kugel verpasst hatte?"

„Soviel ich weiß, ja. Der sitzt jetzt bestimmt schon hinter schwedischen Gardinen und klebt Papiertüten."

„Gott sei Dank", sagte Altmann erleichtert und schickte einen dankbaren Blick nach Oben.

Altmann fiel eine riesige Last von seinen Schultern. Die ganze Sache war am Ende doch noch gut ausgegangen – auch wenn er dabei fast draufgegangen war.

„Schwester Hildegard", sagte Altmann mit rauer Stimme. „Sind sie doch bitte so lieb und bringen mir etwas zu trinken - ich hab so einen schrecklich trockenen Mund."

„Selbstverständlich", entgegnete die Krankenschwester freundlich, während sie mit einem Klemmbrett in der Hand ein Diagramm ablas. „Möchten sie Tee oder Mineralwasser?"

„Einfach nur Wasser, bitte."

Die Krankenschwester nickte, nahm von einer Anrichte eine Flasche Mineralwasser und füllte ein Glas. Als sie ihm das Glas überreichte, berührten sich kurz ihre Fingerspitzen und Altmann verspürte den plötzlichen Drang seine Hände um ihre Taille zu legen. Es gelang ihm jedoch der Versuchung zu widerstehen. Stattdessen bedankte er sich artig und trank gierig das Wasser aus.

Später, als er wieder allein war, brachte er das elektrisch verstellbare Krankenbett in eine möglichst bequeme Position und starrte gelangweilt zur Decke. Dann machte er mit der Fernbedienung den Fernseher an und zappte sich durch alle Kanäle. Das Programm, das erschreckend schlecht war, setzte sich hauptsächlich aus billig produzierten Kochshows, seichten Telenovelas und sogenannten Reality-Dokus zusammen.

Wer guckt sich nur freiwillig solchen Mist an, fragte sich Altmann kopfschüttelnd.

Erst als er auf einen Radiosender stieß und die Reibeisenstimme von Rod Stewart an sein Ohr drang, war er wieder halbwegs versöhnt:

Now I know your window and I know it's late
I know your stairs and your doorway
I walk down your street and past your gate

Will I see you tonight
On a downtown train …

Kurz vor zehn Uhr klopfte es an der Tür. Nach einem „Herein", betrat sein Chef Volker Engelbrecht den Raum. In seinem dunkelblauen Nadelstreifen-Anzug mit der feuerroten Krawatte und dem bunten Blumenstrauß, den er in der Hand hielt, sah er wie ein frischverliebter Kavalier aus, der auf dem Weg zu einem Rendezvous war.

„Hallo Benno. Wie geht`s dir?" fragte Engelbrecht und ließ seine makellos weißen Zähne aufblitzen.

„Hallo Volker", begrüßte Altmann seinen Chef, während er sich mühsam aufrichtete und ein Kissen in den Rücken schob.

„Ich fühl mich noch ein bisschen groggy", fuhr er fort. „Als wär ich von einer Dampfwalze überrollt worden. Keine Ahnung mit was für Drogen die mich hier vollpumpen."

„Also, ich finde, in Anbetracht dessen, was du durchgemacht hast, siehst du erstaunlich gut aus."

„Danke", erwiderte Altmann mit einem gequälten Lächeln. „Du weißt ja: *Unkraut vergeht nicht.*"

„Übrigens, ich soll dir von allen Kollegen - einschließlich mir - herzliche Grüße und Genesungswünsche übermitteln. Ich hab im Präsidium den Hut rumgehen lassen und hab den hier für dich gekauft." Engelbrecht hielt ihm den Blumenstrauß entgegen.

„Herzlichen Dank, die sind wunderschön", sagte Altmann verlegen. „Die Blumen kannst du einstweilen irgendwo ablegen. Ich werde später die Krankenschwester bitten, sie in eine Vase zu stellen."

Während Engelbrecht die Blumen ins Waschbecken legte, forderte ihn Altmann auf, ihn über die Geschehnisse der letzten Tage zu informieren. Engelbrecht schob daraufhin einen Stuhl ans Krankenbett, setzte sich und schlug die mitgebrachte Aktenmappe auf.

„Nun, bevor ich jetzt auf den Abschlussbericht eingehe", begann Engelbrecht mit ernster Miene, „möchte ich ein Lob, aber muss zugleich auch einen Tadel aussprechen. Erstens bin ich natürlich froh und erleichtert, dass der Mordfall – dank deines unermüdlichen Einsatzes – so schnell aufgeklärt worden konnte. Auf der anderen Seite hast du eins unserer Grundprinzipien, die jedem Polizeischüler schon von Beginn an eingebläut werden, aufs sträflichste missachtet: *Handle niemals auf eigene Faust!* Mensch Benno, bist du dir überhaupt im Klaren darüber, wie knapp du dem Tode entronnen bist? Viel hat nicht gefehlt und man hätte dir ein Staatsbegräbnis erster Klasse spendiert."

Altmann nahm es zur Kenntnis und nickte nachdenklich.

Engelbrecht blätterte in der Ermittlungsakte, ehe er fortfuhr. „Der Mann, der auf dich geschossen hat, heißt Fabio Pellini, 28 Jahre alt, gebürtig und wohnhaft in Genua, Italien. Dort ist er bei der hiesigen Polizei kein Unbekannter. Er wurde mehrmals wegen Körperverletzung und Drogenhandel angeklagt und verurteilt. Verbrachte insgesamt drei Jahre im Gefängnis. Er ist Mitglied einer kleinkriminellen Gruppierung namens *Syndicat Genova*, deren Erkennungszeichen ein Pegasus ist und der man nachsagt, dass sie der Mafia unterstellt ist. Pellini hat bereits ein umfassendes Geständnis abgelegt. Laut seiner Aussage war er am 22.Dezember zusammen mit Riccardo Monte, dem späteren Mordopfer, per Zug via Mailand – Zürich – München nach Passau angereist, um hier mit Drogen zu dealen. In Passau hatten sie sich dann unter falschen Namen in der *Pension Donaublick* am Römerplatz einquartiert und von dort aus ihren Handel betrieben. Am Abend des 25.Dezember, nachdem sie die ganze Ware an den Mann gebracht und über 53.000 Euro eingenommen hatten, kehrten sie, um den erfolgreichen Deal zu feiern, zuerst in die *Pizzeria Zi`Teresa* in der Theresienstraße und anschließend in die *Musik Bar Cubana* in der Roßtränke ein. Später als sie auf dem Rückweg zu ihrer Pension durch die Pfaffengasse kamen, forderte Pellini dort seinen Gewinnanteil von Monte ein. Als Pellini dann das viele Geld zu Gesicht bekam, wurde er von einer plötzlichen Habgier gepackt, sodass er mit seinem Messer, das er immer bei sich trug, auf Monte einstach. Da Pellini bei seiner Attacke die Bauchaorta von Monte durchtrennt hatte, war dieser in wenigen Minuten verblutet. Anschließend nahm Pellini das Geld, die Brieftasche und das Handy von Monte an sich und entfernte sich. Zunächst war er zur Unteren Donaulände gelaufen, wo er das Messer und das Handy in die Donau warf. Dann war er mehr oder weniger ziellos durch die Altstadt geirrt, bis er sich entschloss zum

Bahnhof zu gehen, um dort mit dem nächsten Zug die Stadt zu verlassen.

Auf dem Bahnhof fiel ihm jedoch ein, dass er ganz vergessen hatte, vorher noch die Koffer aus der Pension abzuholen. Nachdem er das erledigt hatte, versteckte er anschließend das Drogengeld - aus Angst, dass die Leiche bereits entdeckt worden war und er in eine Polizeikontrolle geraten konnte - unter der Prinzregent-Luitpold-Brücke in einem Hohlraum. Später, nachdem sich die Lage beruhigt hätte, wollte er zurückkehren und das Geld wieder abholen.

Übrigens konnten wir in dem Hotelzimmer, wo Pellini zuletzt abgestiegen war, die kompletten 53.000 Euro sicherstellen", fügte Engelbrecht mit einem triumphierenden Lächeln hinzu.

„Prima", kommentierte Altmann trocken.

„Wieder am Bahnhof", fuhr Engelbrecht fort, „stieg Pellini um   0 Uhr 35 in den Intercity-Express München – Zürich - Mailand und kehrte nach Genua zurück.

Am 5.Januar war dann Pellini wieder nach Passau gekommen, und nachdem er das Geld aus dem Versteck hervorgeholt und es in seinem Hotelzimmer deponiert hatte, war er anschließend in die *Cubana-Bar* gegangen. Na, den Rest kennst du ja...

Altmann und Engelbrecht saßen sich einen Moment schweigend gegenüber.

„Was geschah später", nahm Altmann den Faden wieder auf, „nachdem ich getroffen wurde und ins Wasser gefallen war?"

„Die Kollegen Maier und Landsdorfer, die von der anderen Seite des Innkais hinzu gestoßen waren, wurden von Pellini ebenfalls unter Beschuss genommen. Sie hatten großes Glück, dass sie dabei nicht auch verletzt wurden, da es an der Stelle, wo sie sich befanden, so gut wie keine Möglichkeit gab, in Deckung zu gehen. Doch nachdem Pellini seine Munition verschossen hatte, gelang es ihnen letztendlich ihn zu überwältigen und in Gewahrsam zu nehmen. In der Zwischenzeit warst du schon weit abgetrieben und der Polizeihubschrauber, der mittlerweile eingetroffen war, hat dann mit Hilfe von großen Scheinwerfern den Inn nach dir abgesucht."

„Das war also das helle Licht, das ich gesehen hatte", fügte Altmann mit versonnener Miene an. „Und ich hatte mir schon gedacht: das war´s jetzt – brauchst nur noch an die Himmelspforte zu klopfen."

„Kurz vor einer der zwei Donauinseln", fuhr Engelbrecht fort, „haben sie dich schließlich entdeckt und die WaPo hat dich dann dort aus dem Wasser gefischt."

„Na, da bin ich den Jungs wohl noch einen Kasten Bier schuldig."

„Sowas trinken die doch nicht, das sind doch alles Abstinenzler."

Beide mussten lachen. Altmann erinnerte sich an das letztjährige Sommerfest im Innenhof des Präsidiums, bei dem auch die Kollegen der Wasserschutzpolizei zugegen waren und dabei eindrucksvoll ihre Trinkfestigkeit unter Beweis gestellt hatten.

„Weißt du eigentlich, wie lange ich im Wasser getrieben bin?"

„Wenn die Zeiten hier korrekt angegeben sind", Engelbrecht warf einen Blick in die Akte, „waren es exakt 17 Minuten."

„Mir kam es vor, wie eine halbe Ewigkeit."

„Dabei kannst du von Glück sagen, dass dein Schutzengel so einen guten Job gemacht hat. Der Arzt, mit dem ich vorher gesprochen habe, erklärte mir, dass man bei einer

Wassertemperatur von knapp drei Grad, wie sie zurzeit im Inn vorherrschen, höchstens 20 Minuten überleben kann – vorausgesetzt man ist vorher nicht schon einem Herzinfarkt erlegen. Andererseits hatte das eisige Wasser auch sein Gutes, weil sich die Blutgefäße durch den Kälteschock verengt hatten, wurde die Blutung der Schusswunde teilweise gestoppt."

„So was nennt man dann wohl Glück im Unglück."

„Das kannst du laut sagen."

„Was passiert jetzt eigentlich mit Pellini?"

„Zurzeit sitzt er in Untersuchungshaft in der JVA Passau. Die Mohnfeld bereitet jetzt ein Anklage vor, wobei aber noch unklar ist, ob die italienischen Behörden nicht doch auf eine Auslieferung bestehen."

„Wer leitet denn momentan die Ermittlungen?"

„Gerland. Er hatte sich, nachdem er vom Urlaub zurück war, umfassend in den Fall eingearbeitet. Ich soll dir übrigens von ihm ausrichten, dass du verdammt gute Arbeit geleistet hast."

Altmann bedankte sich mit einem zufriedenen Nicken.

In diesem Augenblick betrat Schwester Hildegard das Zimmer und wandte sich an Engelbrecht: „Entschuldigen sie, dass ich sie unterbrechen muss. Aber der Herr Altmann ist noch geschwächt und braucht jetzt seine Ruhe."

„Ich wollte sowieso gerade gehen", erwiderte Engelbrecht und machte mit der Hand eine entschuldigende Geste. Bevor er aufstand, beugte er sich noch mit einem verschwörerischen Augenzwinkern vor und flüsterte Altmann ins Ohr:

„Wie ich sehe, bist du hier in den allerbesten Händen."

Nach dem Mittagessen sah Altmann aus dem Fenster und dachte über seine Zukunft nach. Wenn er wieder voll einsatzfähig war, wollte er als erstes seinen Urlaub einreichen. Nach seinen Berechnungen konnte er - zusammen mit dem Resturlaub und den angefallenen Überstunden – vier Wochen am Stück in Urlaub gehen. Dann würde er sich mit Julia van Martens auf ein Donauschiff begeben, um seine Angst zu besiegen. Später würde er zu seiner Tochter Caroline nach Portugal fliegen, würde sie in seine Arme schließen und einen dicken Kuss auf ihre Wange drücken.

Mit diesen Bildern im Kopf lag Altmann mit einem glückseligen Lächeln auf den Lippen, ausgestreckt auf dem Bett und machte das Radio an:

Neil Young, „*the godfather of grunge*", gab sich die Ehre:

I wanna live

I wanna give

I've been a miner for a heart of gold

it's these expressions I never give

that keeps me searchin' for a heart of gold …

Biografie

Konrad Glotz (Jahrgang 1963) wuchs im schönen Klosterwinkel, Landkreis Passau, auf. 1980 machte er eine Ausbildung bei der Deutschen Post, durchlief dort verschiedene Abteilungen, und arbeitet nun als Landzusteller. Neben dem Schreiben, gehört das Reisen und das Eintauchen in fremde Kulturen zu seinen Leidenschaften. Einer dieser Reisen führte ihn nach Brasilien, wo er seine Frau kennenlernte. Mit ihr und seiner kleinen Tochter wohnt er in einem Landhaus in Ortenburg bei Passau. Während der Elternzeit schrieb er seinen ersten Roman:

"ZWÖLF NÄCHTE", Passau-Krimi.

Herstellung und Verlag:
BoD - Books on Demand, Norderstedt
ISBN 978-3-7386-5150-8